絶対好きにならない同盟

～不器用なバレンタインデー～

夜野せせり・作
朝香のりこ・絵

集英社みらい文庫

「絶《ぜっ》対《たい》好《す》きにならない同盟《どうめい》」とは…

「恋《こい》しない！」と思《おも》っている女《おんな》の子《こ》たちが組《く》んだ同盟《どうめい》。
だけど、少《すこ》しずつ心《こころ》の変化《へんか》があって…？

もくじ CONTENTS

真帆《まほ》 < 蓮見《はすみ》くんに告白《こくはく》したい！

森下《もりした》真帆《まほ》

中《ちゅう》1。元気《げんき》な性格《せいかく》。蓮見《はすみ》くんに片思《かたおも》いしている。告白《こくはく》したいけれど……？

蓮見《はすみ》 怜《れい》

中《ちゅう》1。真帆《まほ》の家《いえ》のおむかいに引《ひ》っ越《こ》してきたクールな男子《だんし》。趣味《しゅみ》はお菓子《かし》づくりだけど、周囲《しゅうい》にはヒミツにしている。

桐原淳平《きりはらじゅんぺい》

中《ちゅう》1。小《しょう》6のときに真帆《まほ》を「うそコク（告白《こくはく》）」で、傷《きず》つけたけれど、その後《ご》、真帆《まほ》に告白《こくはく》。断《ことわ》られている。

サイアクな失恋《しつれん》をして「恋《こい》なんかしない！」と思《おも》っていた真帆《まほ》は
おむかいに引《ひ》っ越《こ》してきた、クールな蓮見《はすみ》くんを
好《す》きになってしまった！　告白《こくはく》したいけど、
女子《じょし》がニガテな蓮見《はすみ》くんと両想《りょうおも》いになるのは難《むずか》しそう……!?

桃花《ももか》　一生《いっしょう》だれとも、レンアイしない！

江藤桃花《えとうももか》

中《ちゅう》1。カワイイのでとってもモテる。両親《りょうしん》が離婚《りこん》し、母《はは》とふたり暮《ぐ》らし。両親《りょうしん》の関係《かんけい》を見《み》て、「恋《こい》なんかしない！」と思《おも》っていたけれど……？

河合晴斗先輩《かわいはるとせんぱい》

中《ちゅう》2。新聞部《しんぶんぶ》と演劇部《えんげきぶ》をかけもちしているモテ男子《だんし》。

桃花《ももか》は晴斗先輩《はるとせんぱい》の誕生日《たんじょうび》プレゼントで

「1日限定《にちげんてい》の彼女《かのじょ》」になることになり、ついに両想《りょうおも》いに……！

ひかる＜男子恐怖症《だんしきょうふしょう》だったけど、カレができて……？

吉川《よしかわ》ひかる

中《ちゅう》1。男子恐怖症《だんしきょうふしょう》だったけど、やさしい宇佐木《うさぎ》くんとつき合《あ》っている。演劇部所属《えんげきぶしょぞく》。

宇佐木侑太《うさぎゆうた》

中《ちゅう》1。ひかるの彼氏《かれし》でクラスメイト。明《あか》るく人気《にんき》者《もの》。演劇部所属《えんげきぶしょぞく》。

和田《わだ》なつみ

演劇部所属《えんげきぶしょぞく》で脚本担当《きゃくほんたんとう》。桐原《きりはら》に告白《こくはく》したけど……？

男子恐怖症《だんしきょうふしょう》だったひかるだけど、宇佐木《うさぎ》くんとつきあって幸《しあわ》せな日々《ひび》を送《おく》っている。

アキ×恋《こい》する気持《きも》ちがわからない歌姫《うたひめ》!?

月岡《つきおか》アキ

中《ちゅう》1。歌《うた》うことが大好《だいす》き。「恋《こい》する気持《きも》ちがわからない」と思《おも》っている。

新川朔也先輩《しんかわさくやせんぱい》

中《ちゅう》2。曲《きょく》を作《つく》っていて、アキをスカウトした。晴斗《はると》先輩《せんぱい》の親友《しんゆう》。

高橋渉《たかはしわたる》

中《ちゅう》1。アキの幼《おさな》なじみで、学年《がくねん》トップの成績《せいせき》。アキに告白《こくはく》したことがある。

「恋《こい》する気持《きも》ちがわからない」アキ。

その気持《きも》ちは変《か》わらないままだけど……?

1. サイアクの冬休《ふゆやす》み……そして！

「わあ……っ。おいしそう……！」

目《め》の前《まえ》にあるのは、ぐつぐつと煮《に》えるお鍋《なべ》。なんと、大好《だいす》きなカニの鍋《なべ》なんだ!!

お出汁《だし》のにおいと、ほかほかの湯気《ゆげ》にくるまれる。

「もう煮《に》えたっぽいな」

わたしのとなりで、蓮見《はすみ》くんがつぶやく。

蓮見《はすみ》くんは、わたしのおわんを手《て》に取《と》ると、

「おれがよそってやるよ」

とほほえんだ。

「ありがとう！　カニ、たくさん食《た》べたい」

「野菜《やさい》もたっぷり食《た》べなよ」

蓮見《はすみ》くんは苦笑《くしょう》した。

わずかに茶色《ちゃいろ》がかった、さらっとした髪《かみ》。すっと通《とお》った鼻筋《はなすじ》に、アーモンド形《がた》のきれいな目《め》。

透明感《とうめいかん》たっぷりの肌《はだ》が、湯気《ゆげ》でほのかに赤《あか》く染《そ》まっている。

蓮見怜《はすみれい》くんは、わたしのクラスメイト。5月《がつ》に、うちのお向《む》かいに引《ひ》っ越《こ》してきた。

おたがいのお母《かあ》さんが友《とも》だち同士《どうし》で、家族《かぞく》ぐるみで仲良《なかよ》くしてる。

今夜《こんや》は蓮見家《はすみけ》でカニ鍋《なべ》パーティー！

今《いま》は1月《がつ》の上旬《じょうじゅん》。あと2日《か》で冬休《ふゆやす》みも終《お》わる。

わたしの冬休《ふゆやす》み、いろいろあって忙《いそが》しくて、ぜんぜん遊《あそ》べなかった。

でも、さいごにこんなにときめくイベントがあったなんて！

神様《かみさま》ありがとう！　わたし、3学期《がっき》もがんばれそうだよ。

「真帆《まほ》」

呼《よ》ばれて、どきんと胸《むね》が鳴《な》った。

「は……すみくん」

蓮見《はすみ》くん、今《いま》、「真帆《まほ》」って、呼《よ》び捨《す》てにした……？

「カニの殻《から》、おれがとってあげるよ」

「う、うん」

「真帆《まほ》はほんとに食《く》いしん坊《ぼう》だよな」

蓮見《はすみ》くんは、くすっとほほえむと、ちらっとわたしに目線《めせん》を送《おく》った。

「真帆《まほ》がおいしそうに食《た》べてるとこ見《み》ると、おれも幸《しあわ》せになる」

「えっ……！」

どうしたの？　今日《きょう》の蓮見《はすみ》くん、なんだかようすがおかしい。

蓮見《はすみ》くんって、ふだんはクールな一匹狼《いっぴきおおかみ》。女子《じょし》が苦手《にがて》で、基本塩対応《きほんしおたいおう》。でも、本当《ほんとう》はすごくやさしいってこと、わたしは知《し》ってる。

でも、今日《きょう》の蓮見《はすみ》くんは……。

「真帆《まほ》。あーん」

「えっ」

あ、あーん？　ってなに？　まさか食《た》べさせてくれるってこと!?

「食《た》べないの？　カニ」

蓮見《はすみ》くんはいたずらっぽく笑《わら》うと、わたしの顔《かお》をのぞきこんだ。

「た、食《た》べるよっ」

「じゃ、あーんして」

「あ、あーん!!」

わたしは、思《おも》いっきり口《くち》をあけた。

蓮見《はすみ》くんの笑顔《えがお》と、ぷりっぷりのカニ足《あし》が近《ちか》づいてくる。

やっぱり今日《きょう》の蓮見《はすみ》くん、距離感《きょりかん》おかしい。

やさしいっていうか、甘《あま》い。とろけるチョコみたいに甘《あま》いよ?

まるで……。まるで、彼氏《かれし》みたい! どきどきが止《と》まらないよ!

神様《かみさま》お願《ねが》い。どうか夢《ゆめ》なら覚《さ》めないで。覚《さ》めないで……!!


「真帆《まほ》。真帆《まほ》っ!」

わたしを呼《よ》んだのは、蓮見《はすみ》くんじゃなくて、お母《かあ》さんの声《こえ》だった。

「ふにゃあ……」

ごろりと寝返《ねがえ》りをうつ。

「真帆《まほ》、だいじょうぶ?」

ぱちっと目《め》をあけて、起《お》き上《あ》がった。額《ひたい》にも背中《せなか》にも、びっしょり汗《あせ》をかいている。

お母《かあ》さんの手《て》が、わたしの額《ひたい》に乗《の》った。

あ〜ん
Nekochan

「よかった。熱《ねつ》、下《さ》がってるみたいね。口《くち》をあけてニヤニヤしてたから、心配《しんぱい》したのよ」

「……………」

夢《ゆめ》だったんだ。

夢《ゆめ》なら覚《さ》めないでって、あんなにお願《ねが》いしたのに……!!

「うわーん！　お母《かあ》さんってば、なんで起《お》こしたの!?」

「ちょ、ちょっと真帆《まほ》!?」

せっかく、蓮見《はすみ》くんに、カニを「あーん」してもらってたのに!!

わたしはふたたびベッドに身《み》を沈《しず》めた。

今夜《こんや》、蓮見家《はすみけ》でカニ鍋《なべ》パーティーの予定《よてい》があったのは、本当《ほんとう》。

でも、わたし、熱《ねつ》を出《だ》しちゃって……。

お父《とう》さんと妹《いもうと》の美奈《みな》だけ、参加《さんか》。

「まあ、でも、インフルエンザとかじゃなくてよかったじゃない。熱《ねつ》が下《さ》がれば新学期《しんがっき》からちゃんと学校《がっこう》行《い》けるわよ」

「ちっともよくない……」

今日《きょう》の鍋《なべ》パのあと。タイミングを見《み》て、蓮見《はすみ》くんとふたりきりになって。

告白《こくはく》しようって、ひそかに決《き》めてたんだ。

なのに。なのに、なのに、なのにっ!!

「いっぱい汗《あせ》かいたから、水分《すいぶん》とりなさい」

お母《かあ》さんがわたしにスポーツドリンクのペットボトルをわたした。

ふたたび、身《み》を起《お》こす。

「ありがと。……わたし、着替《きが》えるね」

「そうしなさい」

小《ちい》さくほほえむと、お母《かあ》さんは部屋《へや》を出《で》ていった。

替《か》えのパジャマに着替《きが》えて、もう一度《いちど》ベッドへ。ふとんをかぶって目《め》をとじる。

あー、さっきの夢《ゆめ》のつづき、見《み》られないかなあ。

蓮見《はすみ》くんに会《あ》いたいなあ……。

冬休《ふゆやす》みに入《はい》ってから、ぜんぜん蓮見《はすみ》くんの顔《かお》を見《み》てない。声《こえ》も聞《き》いてない。

おたがいの家《いえ》は、すぐ近《ちか》くにあるのに……。

わたしはバドミントン部《ぶ》の練習《れんしゅう》に加《くわ》えて、おためしで塾《じゅく》にも行《い》きはじめて、バタバタしてた。

蓮見《はすみ》くんは蓮見《はすみ》くんで、2学期《がっき》に「スイーツ部《ぶ》」っていう部活《ぶかつ》に入《はい》って（入《はい》ったっていうか、作《つく》ったっていうか)、忙《いそが》しそうだった。

お菓子作《かしづく》りが好《す》きなことを、訳《わけ》あって、ずっと誰《だれ》にもないしょにしてた、蓮見《はすみ》くん。

知《し》ってるのはわたしだけだった。蓮見《はすみ》くんは、むかしの失恋《しつれん》の傷《きず》をひきずっていたわたしをはげますために、スイーツを作《つく》ってくれたの。

それから、ちょくちょく、蓮見《はすみ》くんの新作《しんさく》スイーツを「試食《ししょく》」させてもらうようになった。

そして蓮見《はすみ》くんは、思《おも》い切《き》って、クラスのわたし以外《いがい》の友《とも》だちに、お菓子作《かしづく》りが好《す》きだってうちあけて。いまでは、部活《ぶかつ》まで作《つく》って、堂々《どうどう》と活動《かつどう》してる。

そのことはすごくうれしいし、応援《おうえん》してる。

でもね。わたしだけが蓮見《はすみ》くんのスイーツを試食《ししょく》してた時《とき》のことが、ときどきすごくなつかしくなるんだ。

わたし、蓮見《はすみ》くんの「トクベツ」になりたいよ……。

会《あ》いたい時《とき》に、「会《あ》いたい」って、素直《すなお》に言《い》える関係《かんけい》になりたいよ。

今夜《こんや》会《あ》って、言《い》いたかったのにな。「好《す》きです」って。

……眠《ねむ》れない。

ごろりと寝返《ねがえ》りをうつと、そばにおいていたスマホが、ぴこんと鳴《な》った。

すぐさま手《て》に取《と》ると、

「わわっ!!」

どきどきと心臓《しんぞう》が鳴《な》り始《はじ》めた。

蓮見《はすみ》くんから、メッセージが届《とど》いてる！

――具合《ぐあい》どう？

心配《しんぱい》してくれてる！

もう熱《ねつ》は下《さ》がったよ、って、返信《へんしん》。

はっ、即《そく》レスしすぎだったかな？　具合悪《ぐあいわる》いくせにずっとスマホ見《み》てるって思《おも》われた!?

ちょっとだけ後悔《こうかい》してると、

――よかった。

って、蓮見《はすみ》くんは返《かえ》してくれた。

「よかった」の一言《ひとこと》が、蓮見《はすみ》くんの、少《すこ》しぶっきらぼうな声《こえ》で、脳内再生《のうないさいせい》される。

やっぱり会《あ》いたい～！

ぎゅーっと胸《むね》が苦《くる》しくなって、スマホを胸《むね》に抱《だ》きしめた。

するとふたたびメッセージが。

——鍋《なべ》パ、今度《こんど》もう一度《いちど》やろうって。

ほんと⁉　うれしい！

——森下《もりした》さんは、今日《きょう》はゆっくり休《やす》んで。ちゃんと新学期《しんがっき》までに元気《げんき》になれよ。

うん。

ひとりうなずくと、「オッケー」と「ありがと」のスタンプを送《おく》る。

と。少《すこ》しだけ、間《ま》があって。

——教室《きょうしつ》に森下《もりした》さんがいないと、物足《ものた》りないっていうか……。つまんねーっていうか。だからさ。

どきん！

物足《ものた》りない⁉　つまんない⁉

どういうこと⁉　さびしいってこと⁉

かあーっと顔《かお》が熱《あつ》くなる。やばい、せっかく熱《ねつ》が下《さ》がったのに、また体温上《たいおんあ》がっちゃう。

蓮見《はすみ》くんの何気《なにげ》ないことばを、自分《じぶん》に都合《つごう》よく解釈《かいしゃく》しちゃだめ。期待《きたい》しちゃだめだって、自分《じぶん》に言《い》い聞《き》かせる。

でも、でもでも。

ちょっとは、蓮見《はすみ》くんも、わたしに会《あ》いたいって、思《おも》ってくれてるのかな……？

2. 絶対好《ぜったいす》きにならない同盟《どうめい》

肌《はだ》を刺《さ》す風《かぜ》がきりりと冷《つめ》たい。

空《そら》はくもっていて、雪《ゆき》がちらちら舞《ま》っている。でも、かさをさすほどじゃない。

3学期《がっき》がはじまって2日目《かめ》。

すっかり風邪《かぜ》も治《なお》ったわたしは、学校指定《がっこうしてい》コートのポケットに手《て》をつっこんで、通学路《つうがくろ》を歩《ある》いていた。手袋《てぶくろ》をしていても指先《ゆびさき》が冷《つめ》たい。

「うー。さむ」

寒《さむ》いと自然《しぜん》に背中《せなか》がまるまってしまう。

歩行者用信号《ほこうしゃようしんごう》が赤《あか》になり、足《あし》を止《と》める。わたしはその場《ば》で足踏《あしぶ》みした。

「おはよ」

うしろから話《はな》しかけられて振《ふ》り返《かえ》る。この、声《こえ》は。

「お、はよっ……！」

やっぱり蓮見《はすみ》くんだ！

すらっと背《せ》が高《たか》くて、大《おお》きな目《め》は少《すこ》しだけ目《め》じりが上《あ》がってて、クールで。わたしには、まるで蓮見《はすみ》くんが、うっすら光《ひかり》をはなっているように見《み》えるよ。

蓮見《はすみ》くんは、女子《じょし》に大人気《だいにんき》。めちゃくちゃライバルが多《おお》い。

わたしが告白《こくはく》したところで、「トクベツ」になんてなれないよね、きっと。

なにより蓮見《はすみ》くんは、……女子《じょし》ぎらいの、恋愛《れんあい》ぎらいなんだ。

わたしはたまたま蓮見《はすみ》くんの近《ちか》くにいたから、こうして、ふつうに楽《たの》しくおしゃべりできる関《かん》係《けい》になれたけど。きっとそれ以上《いじょう》は、ない。

「なんでさっきから謎《なぞ》に足踏《あしぶ》みしてんの？」

蓮見《はすみ》くんは、わずかに首《くび》をかしげた。

「だって、じっとしてたら、体《からだ》が凍《こお》り付《つ》きそうなんだもん」

「大《おお》げさじゃね？　そんなに寒《さむ》い？」

「寒《さむ》いよ！」

蓮見《はすみ》くんはコートも着《き》ていない。マフラーも巻《ま》いてない。なんで平気《へいき》なの!?　ブレザーの下《した》に薄《うす》い毛皮《けがわ》のベストでも着《き》こんでるの!?

「森下《もりした》さんって寒《さむ》がりなんだな」

「そうかな。ふつうじゃない？」

だって、雪降《ゆきふ》ってるんだよ。

「手《て》、出《だ》して」

「？　なんで？」

ポケットから手《て》を出《だ》すと、蓮見《はすみ》くんは、自分《じぶん》のポケットからなにかを取《と》り出《だ》して、わたしの手《て》ににぎらせた。

あったかい。カイロだ！

「あげるよ。おれは寒《さむ》がりじゃないから、なくても平気《へいき》だから」

「あ。……ありがと」

「あ。青《あお》になった」

蓮見《はすみ》くんが歩《ある》き出《だ》す。わたしも一歩《いっぽ》進《すす》み出《で》た。

自然《しぜん》と、いっしょに歩《ある》くかたちになる。

うれしい。幸《しあわ》せ。

蓮見《はすみ》くんがカイロをくれた。やさしさをくれた。なにより、こうしていっしょに歩《ある》いてる。

ずーっと学校《がっこう》になんて着《つ》かなければいいのに。

……なーんて願《ねが》いは、かなうわけもなく。何事《なにごと》もなく、ふつうに学校《がっこう》に着《つ》いた。

自分《じぶん》の席《せき》で、蓮見《はすみ》くんがくれたカイロで両手《りょうて》をあたためていると。

「おはよ、真帆《まほ》」

ひかるがやってきた。

吉川《よしかわ》ひかる。小学校《しょうがっこう》時代《じだい》から仲良《なかよ》しの、わたしの親友《しんゆう》。

すらっと背《せ》が高《たか》くて、きりっとしたショートカットも似合《にあ》ってる。見《み》た目《め》は活発《かっぱつ》な印象《いんしょう》だけど、性格《せいかく》はすごくおだやかでやさしい。ちょっとおくびょうで、ひっこみじあんなところもあったけど、ある人《ひと》と出会《であ》って、どんどん頼《たの》もしくなっていった。

「おはよ。寒《さむ》いね」

「ねー。わたしもカイロ持《も》ってくればよかった」

ひかるはわたしの手《て》もとを見《み》て、苦笑《くしょう》した。

「これはね、実《じつ》は……」

声《こえ》をひそめるとひかるは、かがみこんでわたしの口元《くちもと》に耳《みみ》をよせる。

「えっ！」

ひかるは目《め》を大《おお》きく見開《みひら》いた。

「蓮見《はすみ》くんにもらったの!?　やさしい〜」

「だよね。やさしいよね！」

ふたりではしゃいでいると、

「おはよ〜」

アキがあくびしながらわたしの席《せき》に来《き》た。

「おはよ、アキ。寝不足《ねぶそく》？」

「寝不足《ねぶそく》かなあ？　毎日《まいにち》10時間《じかん》以上《いじょう》寝《ね》てるんだけど」

アキは目《め》をこすっている。

月岡《つきおか》アキは、ちょっと天然《てんねん》で、ほんわかした雰囲気《ふんいき》のマイペース女子《じょし》。ゆるふわのくせっ毛《け》の髪《かみ》を耳下《みみした》でふたつにくくっている。

実《じつ》は歌《うた》がすっごくうまくて、２年生《ねんせい》の新川朔也《しんかわさくや》先輩《せんぱい》と、幼《おさな》なじみの高橋渉《たかはしわたる》くんといっしょに音《おん》楽《がく》ユニット（？）を組《く》んで、文化祭《ぶんかさい》でライブをしたり、最近《さいきん》では配信《はいしん》もしてるんだ。

「おはよー」

最後《さいご》に輪《わ》の中《なか》に加《くわ》わったのは、江藤桃花《えとうももか》。長《なが》い髪《かみ》をふんわり巻《ま》いている。

桃花《ももか》はめちゃくちゃかわいい。しかも、美意識《びいしき》が高《たか》くておしゃれが大好《だいす》き。でも、中身《なかみ》はカッコいい。いじわる言《い》われても負《ま》けずに言《い》いかえすし、強《つよ》いんだよね。意地《いじ》っ張《ぱ》りで素直《すなお》になれないのが玉《たま》にきずだけど、わたしは桃花《ももか》のそんなところも、かわいいなって思《おも》ってる。

みんなで、寒《さむ》いねーって言《い》いあってると、ふいに桃花《ももか》が、

「なんかあった？」

と口《くち》にした。

「え？」

わたしのこと？

すかさずひかるが、

「真帆《まほ》、蓮見《はすみ》くんにカイロもらったんだって」

とささやく。

「へえー」

桃花《ももか》は教室《きょうしつ》のうしろにいる蓮見《はすみ》くんをちらっと見《み》やって、そのあとわたしに視線《しせん》をうつすと、

「蓮見《はすみ》ってけっこうやさしいよね。とくに、真帆《まほ》には」

と言《い》った。

「そ、そんなことっ……」

「そんなことあるよー、真帆《まほ》」

ひかるがにっこり笑《わら》う。

桃花《ももか》も、ひかるも、アキも、わたしの蓮見《はすみ》くんへの気持《きも》ちを知《し》ってる。わたしが告白《こくはく》したがってることも知《し》ってる。だから、たきつけようとして、わざとそんなこと言《い》うんだ。

わたしたち4人《にん》。今《いま》はこんなふうに、ふつうに恋《こい》バナなんかしちゃってるけど……。

実《じつ》は、「絶対好《ぜったいす》きにならない同盟《どうめい》」なるものを組《く》んでるんだ。

4月《がつ》、同《おな》じクラスになって意気投合《いきとうごう》したわたしたち。共通《きょうつう》して持《も》っていたのが、「誰《だれ》にも恋《こい》なんかしたくない！」という思《おも》い。

ひかるは、小学校時代《しょうがっこうじだい》から、男子《だんし》のことがこわかった。でも今《いま》は克服《こくふく》して、同《おな》じクラスの宇佐《うさ》木侑太《ぎゆうた》とつきあっている。宇佐木《うさぎ》と出会《であ》ってから、ひかる、強《つよ》くなったし、いろんなことに積極的《せっきょくてき》になった。

アキは「恋《こい》したくない」っていうより、「恋《こい》がわからない」。そのことがずっとコンプレックスだったみたい。今《いま》も好《す》きな人《ひと》はいないけど、大好《だいす》きな歌《うた》に夢中《むちゅう》だから、毎日楽《まいにちたの》しそう。

桃花《ももか》は……。

今《いま》も「恋《こい》なんてするもんか」って思《おも》ってるみたい。でもね、2年生《ねんせい》の河合晴斗《かわいはると》先輩《せんぱい》とずっといい感《かん》じで、はたから見《み》るとカップルみたい。

お正月《しょうがつ》も、ふたりで初詣《はつもうで》に出《で》かけて、地元《じもと》のテレビ局《きょく》のインタビューまで受《う》けちゃって。

昨日《きのう》も新学期早々《しんがっきそうそう》、「ふたり、つきあってるの!?」って、大騒《おおさわ》ぎになったんだ。

はやく素直《すなお》になればいいのにって、じれったく思《おも》ってる。

そして、わたし、森下真帆《もりしたまほ》は。

5月《がつ》に蓮見《はすみ》くんと出会《であ》うまでは、ずっと、「もう絶対恋《ぜったいこい》なんてしない」って誓《ちか》ってた。

小学校時代《しょうがっこうじだい》のひどい失恋《しつれん》がトラウマみたいになってたの。

ふつうに振《ふ》られたんじゃないよ？　好《す》きだった人《ひと》に、「うそコク」されて、ほかの男子《だんし》に笑《わら》いものにされたんだよ。

傷《きず》をかかえてたわたしに、前《まえ》に進《すす》むきっかけをくれたのが蓮見《はすみ》くんだった。

トラウマの原因《げんいん》になった男《おとこ》の子《こ》、桐原淳平《きりはらじゅんぺい》とも、向《む》き合《あ》って自分《じぶん》の気持《きも》ちを話《はな》せた。今《いま》はいい友《とも》だちだよ。

そして……わたしはいつの間《ま》にか、蓮見《はすみ》くんを好《す》きになってしまっていた。

でもね。

蓮見《はすみ》くんも、好《す》きだった女《おんな》の子《こ》に傷《きず》つけられた過去《かこ》がある。そのせいで、大好《だいす》きなお菓子《かし》作《づく》りを、ひみつにするようになった。人《ひと》との間《あいだ》に、壁《かべ》を作《つく》るようになった。

最近《さいきん》はみんなに心《こころ》を開《ひら》きつつあるけど、きっとまだ誰《だれ》のことも、好《す》きになれないんじゃないかな。

むかしのわたしみたいに。

3. 新《あたら》しい友《とも》だち

あっという間《ま》に授業《じゅぎょう》は終《お》わり、放課後《ほうかご》になった。

バドミントン部《ぶ》の練習《れんしゅう》が終《お》わり、家《いえ》に帰《かえ》ってから、軽《かる》くおにぎりを食《た》べて塾《じゅく》へ向《む》かう。

はあ〜あ。塾《じゅく》、冬休《ふゆやす》みだけの約束《やくそく》だったのに……。

2学期《がっき》、さんざんな成績《せいせき》だったわたしは、親《おや》にすすめられて近所《きんじょ》の塾《じゅく》に行《い》き始《はじ》めた。ちょうど冬期講習《とうきこうしゅう》キャンペーン中《ちゅう》で、割引《わりびき》になってたし。

じゃあためしに冬休《ふゆやす》みだけ、と、しぶしぶオッケーしたのに、3学期《がっき》になってからも、なしくずし的《てき》に継続《けいぞく》することになった。

もう外《そと》は真《ま》っ暗《くら》だ。

空気《くうき》は一段《いちだん》と冷《ひ》えて凍《こお》りつきそう。

塾《じゅく》には自転車《じてんしゃ》で通《かよ》ってる。自転車《じてんしゃ》、楽《らく》だけどスピードが出《で》るから寒《さむ》い……。

塾《じゅく》に着《つ》いた。中《なか》に入《はい》り、塾生用《じゅくせいよう》のカードをカードリーダーにタッチする。

授業《じゅぎょう》が始《はじ》まるまでまだ時間《じかん》があるから、教室《きょうしつ》じゃなくて、自習室《じしゅうしつ》に行《い》った。適当《てきとう》に空《あ》いてる席《せき》に座《すわ》る。

わたしは週《しゅう》2回《かい》、1時間《じかん》ずつ授業《じゅぎょう》をとっている。ちなみに苦手《にがて》な数学《すうがく》と英語《えいご》。

毎回宿題《まいかいしゅくだい》が出《で》るんだけど、今日《きょう》はやってない。だから早《はや》めに来《き》て、ここでやろうと思《おも》ったんだ。

テキストを開《ひら》いて解《と》いていると、

「真帆《まほ》ちゃん。となり、いい？」

声《こえ》をかけられた。

「あすかちゃん！　もちろん」

自然《しぜん》と笑顔《えがお》になる。

横峯《よこみね》あすかちゃんは、さらりとした黒髪《くろかみ》の、清楚《せいそ》な印象《いんしょう》の女《おんな》の子《こ》。今日《きょう》は前髪《まえがみ》をななめに流《なが》してて、なんだかおとなっぽい。

この塾《じゅく》に来《き》ているのは、ほとんどがわたしの通《かよ》う鈴《すず》の宮中学校《みやちゅうがっこう》の生徒《せいと》だけど、あすかちゃんはちがう。結構遠《けっこうとお》い地区《ちく》の学校《がっこう》の子《こ》なんだ。ここへは、車《くるま》で送《おく》り迎《むか》えしてもらってるみたい。

「真帆《まほ》ちゃん、宿題《しゅくだい》やってないの？」

「ちょっと風邪《かぜ》ひいちゃってね」

すぐ治《なお》ったけどね！

「わたしの、見《み》る？」

「マジで!?　ありがとう」

「せっかく塾《じゅく》に通《かよ》ってるのに、真帆《まほ》ちゃんのためにならないかもだけど」

あすかちゃんはきれいなまゆをわずかにさげた。

「ありがとう……！　だいじょうぶ、次《つぎ》はちゃんとやってくるから」

できればさっさと辞《や》めたいのが本音《ほんね》だけどね。

あすかちゃんは自分《じぶん》のテキストを広《ひろ》げて見《み》せてくれた。めちゃくちゃきれいな字《じ》。数式《すうしき》も見《み》やすく、几帳面《きちょうめん》にぴしっと書《か》き込《こ》んである。

「美《うつく》しすぎてほれぼれする」

「褒《ほ》めすぎだよ～」

あすかちゃんはえへへと笑《わら》った。めっちゃかわいい。

あすかちゃんとは、冬期講習中《とうきこうしゅうちゅう》によく話《はな》すようになった。

どうしてあすかちゃんが、わざわざ遠《とお》くの家《いえ》からここの塾《じゅく》に通《かよ》ってるのかっていうと……。

「聞《き》いて真帆《まほ》ちゃん。わたし、ようやく新《あたら》しい家《いえ》に入居《にゅうきょ》できそうなの」

あすかちゃんが声《こえ》をはずませた。

「ほんと!? よかったね。いつごろ？」

「来週末《らいしゅうまつ》だよ！ 待《ま》ち望《のぞ》んでたからうれしい」

あすかちゃん一家《いっか》は、うちの校区内《こうくない》に、新居《しんきょ》を建築中《けんちくちゅう》。もちろん鈴《すず》の宮中《みやちゅう》に転入予定《てんにゅうよてい》。塾《じゅく》も、高校受験《こうこうじゅけん》まで通《かよ》うつもりだから、新居近《しんきょちか》くのところを選《えら》んだんだって。

本当《ほんとう》は、冬休《ふゆやす》み中《ちゅう》に引《ひ》っ越《こ》しをすませて、３学期開始《がっきかいし》と同時《どうじ》に転入《てんにゅう》する予定《よてい》だったけど、いろいろあって工事《こうじ》がのびてしまったらしい。

「パパとママに、３学期《がっき》いっぱいは今《いま》の学校《がっこう》に通《かよ》う？ って聞《き》かれたけど、わたし、一刻《いっこく》も早《はや》く新《あたら》しいおうちに住《す》みたいから、転校《てんこう》するって言《い》っちゃった。だって、新《あたら》しい学校《がっこう》には真帆《まほ》ちゃんもいるしね」

あすかちゃんはうっきうきだ。

「ほんと、この塾《じゅく》に来《き》てよかった。真帆《まほ》ちゃんと出会《であ》えたもん」

「こっちこそ。塾《じゅく》は好《す》きじゃないけど、あすかちゃんがいる日《ひ》は楽《たの》しいよ！ 同《おな》じクラスになれたらいいね〜」

「ね！」

ふたりして、にっこり笑《わら》いあう。

「真帆《まほ》ちゃんちって、どのあたりなの？」

「この近《ちか》くだよ。さくら通《どお》りの近《ちか》くの交差点《こうさてん》を沢田山病院方向《さわだやまびょういんほうこう》に曲《ま》がって、少《すこ》し歩《ある》いたとこ」

「うちは丸太郵便局《まるたゆうびんきょく》の近《ちか》くだから、ちょっと離《はな》れてるね」

「そうだね」

「ね。今度《こんど》の土曜《どよう》か日曜《にちよう》、真帆《まほ》ちゃんちに遊《あそ》びに行《い》ってもいい？」

あすかちゃんは、ずいっとわたしに顔《かお》をよせた。

「土曜日《どようび》、ちょうど部活《ぶかつ》が休《やす》みだから、いいよ。でも、引《ひ》っ越《こ》し準備《じゅんび》で忙《いそが》しいんじゃない？」

「だいじょうぶだいじょうぶ！　少《すこ》しずつ荷造《にづく》りすすめてきたから。それに、パパが転勤族《てんきんぞく》で今《いま》まで引《ひ》っ越《こ》しばっかりだったから慣《な》れてるんだ。じゃ、決《き》まりね！」

あすかちゃんの笑顔《えがお》がはじける。

ほんとに、引《ひ》っ越《こ》しを楽《たの》しみにしてるんだなあ。きっと、すっごく素敵《すてき》な家《いえ》を建《た》ててるんだろうな。

この時《とき》のわたしは、単純《たんじゅん》に、そう思《おも》っていた。

そして、土曜日《どようび》。

さくら通《どお》り沿《ぞ》いのコンビニで待《ま》ち合《あ》わせして、あすかちゃんを我《わ》が家《や》に案内《あんない》した。

門扉《もんぴ》をあけて、家《いえ》の敷地《しきち》に入《はい》る。敷地《しきち》っていっても、猫《ねこ》の額《ひたい》ぐらいだけど。

「あんまりきれいな家《いえ》じゃないから恥《は》ずかしいけど……」

「そんなことないよ。素敵《すてき》～！」

今日《きょう》、両親《りょうしん》も用事《ようじ》でいないし、妹《いもうと》も遊《あそ》びに行《い》っていて、家《いえ》にはわたしひとり。

リビングにあすかちゃんを通《とお》して、あったかいお茶《ちゃ》を出《だ》した。

「ありがと～！」

あすかちゃんはにこっと笑《わら》うと、

「これ。おみやげ」

手《て》にしていた紙袋《かみぶくろ》をわたしに差《さ》し出《だ》した。中《なか》には、かわいいイラストのついた、おしゃれな缶《かん》。

「えっ？　わざわざ買《か》ってきてくれたの？」

「ううん。実《じっ》は……、作《つく》ったんだ」

「作《つく》った？　って、中身《なかみ》はなに？」

「あけてみて」

あすかちゃんははにかんだ。

さっそくあけると、中《なか》には、赤《あか》いジャムののったクッキーと、ハート形《がた》のココアクッキーと、プレーンとココアの市松模様《いちまつもよう》のクッキーが、きれいに詰《つ》めてある。

「わあっ、すごい……。３種類《しゅるい》もある。時間《じかん》かかったでしょ？」

「時間《じかん》がある時《とき》にクッキーの生地《きじ》をたくさん作《つく》って冷凍《れいとう》してたの。もうすぐ引《ひ》っ越《こ》すから使《つか》い切《き》らなきゃいけなくて」

あすかちゃんはえへへと笑《わら》った。

クッキーの生地《きじ》って冷凍《れいとう》できるんだ。知《し》らなかった。蓮見《はすみ》くんとちがって、わたしは、お菓子《かし》作《づく》りのことはまったくわからない。

「あすかちゃんって、お菓子作《かしづく》りが好《す》きなんだね」

テーブルにクッキー缶《かん》をおいて、戸棚《とだな》から小皿《こざら》を出《だ》した。

ソファに隣《とな》り合《あ》って座《すわ》る。

ジャムクッキーをそっと口《くち》にした。さくっとしてて、バターの風味《ふうみ》とジャムの甘酸《あまず》っぱさがまじりあっておいしい！

「小学生《しょうがくせい》の時《とき》からお菓子《かし》は食《た》べるのも作《つく》るのも好《す》き。あんまり上手《じょうず》じゃないけどね」

「えっ！　すっごくおいしいよ。めちゃくちゃ上手《じょうず》じゃん」

「むかしは下手《へた》だったの。でも、たくさん練習《れんしゅう》したんだよ。どうしても追《お》いつきたい人《ひと》がいるから」

あすかちゃんがわずかに目《め》を伏《ふ》せた、その時《とき》。

ピンポーン、と、チャイムが鳴《な》った。

なんだろう。宅配便《たくはいびん》？　回覧板《かいらんばん》？

玄関《げんかん》に行《い》って、モニターを見《み》ると。

「は、蓮見《はすみ》くんっ！」

蓮見《はすみ》くんがいる！

急《いそ》いでドアをあける。

「ど、どうしたの!?」

「ひさしぶりに、新作《しんさく》の試食《ししょく》をしてほしいって思《おも》って。今《いま》、部活《ぶかつ》でスイーツレシピコンテストに出《だ》すスイーツを考《かんが》えてるんだけど……。ちょっと部員以外《ぶいんいがい》の人《ひと》の意見《いけん》がほしくて」

レシピのコンテスト？　すごい。

わたしでよければ力《ちから》になりたい！　でも、タイミングが。

「あ。えっと、その。実《じつ》は今《いま》、友《とも》だちが来《き》てて」

「江藤《えとう》さんたち？」

「ううん。うちの学校《がっこう》の子《こ》じゃなくて、塾《じゅく》の友《とも》だちなんだ」

蓮見《はすみ》くんとあすかちゃん、お菓子《かし》作《づく》りが好《す》き同士《どうし》で気《き》が合《あ》うかもしれないけど、蓮見《はすみ》くんってけっこう人見知《ひとみし》りだからなあ……。しかも女子《じょし》が苦手《にがて》だし。

どうしようか、迷《まよ》っていると。

「真帆《まほ》ちゃん」

あすかちゃんが玄関《げんかん》までやってきた！

「お友《とも》だち？　わたしならかまわないから、あがってもらって」

「あすかちゃん」

あすかちゃんの名前《なまえ》を呼《よ》んだ瞬間《しゅんかん》、蓮見《はすみ》くんのまゆが、ぴくっとひきつった。

え？

蓮見《はすみ》くんが、あすかちゃんを見《み》て、目《め》を大《おお》きく見開《みひら》いた。

あすかちゃんも、蓮見《はすみ》くんを見《み》て、はっとしたように口《くち》をおおった。

ぱきっと時《とき》が凍《こお》り付《つ》いたみたいに、ふたりとも微動《びどう》だにしない。一言《ひとこと》も、発《はっ》しない。

KOCHAN
220

え？　なに？　なんなの、この沈黙《ちんもく》。この、ぴりついた空気《くうき》。

「え、えーっと……」

なにがなんだかわからなくて、おろおろしてしまう。

「もしかして、ふたり、知《し》り合《あ》い？　と、とりあえず蓮見《はすみ》くん、あがって？　３人《にん》でお菓子《かし》食《た》べよっか。ね？」

この空気《くうき》をなんとかしたい。

でも、蓮見《はすみ》くんは、首《くび》を横《よこ》に振《ふ》った。

「ごめん森下《もりした》さん。おれ、帰《かえ》る」

「え」

蓮見《はすみ》くんが、わたしたちに背《せ》を向《む》けた、その瞬間《しゅんかん》。

「待《ま》って怜《れい》くん！」

あすかちゃんが呼《よ》び止《と》めた。

ゆっくりと、蓮見《はすみ》くんが振《ふ》り返《かえ》る。

「やっぱり怜《れい》くんだ。すごい雰囲気《ふんいき》変《か》わってるけど、怜《れい》くんなんだよね……？」

あすかちゃんの目《め》に、うっすら涙《なみだ》が浮《う》かんでいる。

どういうこと？
やっぱり知《し》り合《あ》い？
でも、泣《な》くなんて……。
だけど、蓮見《はすみ》くんは。
なにも言《い》わず、ドアを閉《し》めてしまった。

4. 蓮見《はすみ》くんの過去《かこ》

あすかちゃんと蓮見《はすみ》くんは、知《し》り合《あ》いだった。

それは間違《まちが》いないけど、くわしいことはぜんぜんわからない。

あのあと、あすかちゃんに、蓮見《はすみ》くんのことをいろいろ聞《き》かれて。うちの近所《きんじょ》に住《す》んでること
とか、5月《がつ》に引《ひ》っ越《こ》してきたこととか、当《あ》たり障《さわ》りのないことをこたえたけど。

あすかちゃんは、蓮見《はすみ》くんとの関係《かんけい》、なにも教《おし》えてくれなかった。

蓮見《はすみ》くんはというと。

窓側《まどがわ》のいちばんうしろの席《せき》で、宇佐木《うさぎ》と桐原《きりはら》と3人《にん》でしゃべっている。

週明《しゅうあ》けの教室《きょうしつ》。いつもの休《やす》み時間《じかん》の風景《ふうけい》。いつも通《どお》りの彼《かれ》に見《み》えるけど……。

ふいに、蓮見《はすみ》くんがわたしのほうを見《み》て、目《め》が合《あ》った。

反射的《はんしゃてき》に、ぱっとそらしてしまう。

「どうしたの？　真帆《まほ》」

いっしょにいたひかるが、首《くび》をかしげた。

「う、ううん。なんでもない」

「蓮見《はすみ》くん、こっち見《み》てるよ」

え？

もう一度《いちど》視線《しせん》をもどすと、蓮見《はすみ》くんが、まっすぐにわたしを見《み》つめている。

わたしはすうっと息《いき》を吸《す》い込《こ》んで、そして、ゆっくりと吐《は》いた。

「ひかる。わたし、思《おも》い切《き》って聞《き》いてくるね」

「うん。っていうか、誰《だれ》に、なにを？」

「あとで話《はな》すね」

いすから立《た》ち上《あ》がり、蓮見《はすみ》くんのもとへ。

「ちょっと、いい？」

蓮見《はすみ》くんは、うなずいた。

ふたりで教室《きょうしつ》を出《で》て、廊下《ろうか》のつきあたりの、空《あ》き教室《きょうしつ》そばの、人気《ひとけ》のない場所《ばしょ》へ。女子《じょし》にモテモテの蓮見《はすみ》くんとふたりで話《はな》し込《こ》んでるところを誰《だれ》かに見《み》られたら、大変《たいへん》なことになる。

でも、ここだったらめったに人《ひと》は来《こ》ないし、だいじょうぶだと思《おも》う。

「単刀直入《たんとうちょくにゅう》に聞《き》くね。あすかちゃんと蓮見《はすみ》くんは、知《し》り合《あ》いなの？」

わたしが切《き》り出《だ》すと、蓮見《はすみ》くんはうなずいた。

「知《し》り合《あ》いっていうか……。うん、まあ、知《し》り合《あ》い、だな」

なんだか歯《は》ぎれが悪《わる》い。

「どういう……知《し》り合《あ》い？」

あすかちゃんを見《み》て顔《かお》をこわばらせた蓮見《はすみ》くん。あすかちゃんの呼《よ》びかけにこたえず、黙《だま》ってドアを閉《し》めた蓮見《はすみ》くん。蓮見《はすみ》くんとのことを、なにも語《かた》らなかったあすかちゃん。

仲《なか》のいい「友《とも》だち」って感《かん》じじゃなかった。それどころか、むしろ……。

胸《むね》がざわざわする。もしかして、あすかちゃんって、蓮見《はすみ》くんの。

「横峯《よこみね》あすかとは、おれが以前《いぜん》に通《かよ》ってた小学校《しょうがっこう》でいっしょのクラスだった。仲《なか》は良《よ》かったよ。5年生《ねんせい》の、バレンタインまでは」

たんたんと、低《ひく》い声《こえ》で、蓮見《はすみ》くんは話《はな》す。

わたしは、きゅっと痛《いた》む胸《むね》を、無意識《むいしき》に手《て》でおさえていた。

やっぱり。あすかちゃんは、蓮見《はすみ》くんの、「女子《じょし》ぎらい」の原因《げんいん》をつくった子《こ》。

そして、蓮見《はすみ》くんの……「初恋《はつこい》」の女《おんな》の子《こ》。

「森下《もりした》さんには前話《まえはな》したけど。おれ、あの子《こ》に、手作《てづく》りのガトーショコラをけなされて。それ以《い》来《らい》ずっと、お菓子作《かしづく》りが好《す》きだってこと、まわりにかくしてた。キャラも変《か》えた」

「うん……」

むかしの蓮見《はすみ》くんは、かわいいものが好《す》きで、たぶん、今《いま》みたいな塩対応《しおたいおう》のクールキャラじゃなかった。

5年生《ねんせい》のバレンタインに、好《す》きな子《こ》——あすかちゃん——に、本格的《ほんかくてき》なガトーショコラを作《つく》ってわたした。

でも、あすかちゃんは喜《よろこ》ぶどころか、「女子力高《じょしりょくたか》すぎて引《ひ》く」って言《い》ったんだ。蓮見《はすみ》くんに。

おこってあすかちゃんに言《い》い返《かえ》した蓮見《はすみ》くんだけど、あすかちゃんは泣《な》いてしまって。

逆《ぎゃく》に、蓮見《はすみ》くんが、あすかちゃんの友《とも》だちの女子《じょし》たちに、さんざん責《せ》められてしまった。

それが、わたしが聞《き》いた、蓮見《はすみ》くんのつらい思《おも》い出《で》。

「あれからぜんぜん口《くち》もきかなくなって。しかも、6年生《ねんせい》に進級《しんきゅう》するタイミングで、横峯《よこみね》は引《ひ》っ越《こ》した。まさか森下《もりした》さんの家《いえ》で再会《さいかい》するなんて」

蓮見《はすみ》くんは目《め》を伏《ふ》せた。長《なが》いまつげがほおにかげをつくる。

「あすかちゃん、もうすぐ、うちの学校《がっこう》に転入《てんにゅう》するんだって」

「また親《おや》の転勤《てんきん》？」

「ううん。このあたりに家《いえ》を建《た》ててるの」

「……そうか。じゃ、ずっとうちの中学《ちゅうがく》にいるんだな」

ぼそっと、つぶやくように、蓮見《はすみ》くんは言《い》った。

ねえ、蓮見《はすみ》くん。今《いま》、なにを考《かんが》えてる？

あすかちゃんも引《ひ》っ越《こ》したし、蓮見《はすみ》くんも引《ひ》っ越《こ》したから、きっともう会《あ》うことはないかもって、ついこの間《あいだ》まで思《おも》ってたはずだよね。

「もうすぐ昼休《ひるやす》み終《お》わるな。もどろう」

言《い》われて、小《ちい》さくうなずいた。

好《す》きだった女《おんな》の子《こ》。

理不尽《りふじん》に傷《きず》つけられたら、くるっと気持《きも》ちはひっくり返《かえ》って、大《だい》きらいになってしまう。

わたし、その気持《きも》ち、わかるよ。だってわたしも同《おな》じ思《おも》いをしたから。

だから、わかるよ。

大《だい》っきらいだって、いっしょうけんめい自分《じぶん》に言《い》い聞《き》かせてるのに。

どうしても、きらいになりきれないことも。

ぼんやりと、竹《たけ》ぼうきを左右《さゆう》にうごかす。

うちの学校《がっこう》では、昼休《ひるやす》みと5時間目《じかんめ》の間《あいだ》が、掃除《そうじ》の時間《じかん》だ。

真冬《まふゆ》の外掃除《そとそうじ》、寒《さむ》すぎる。でも今《いま》は、空気《くうき》の冷《つめ》たさも感《かん》じられないほど、蓮見《はすみ》くんとあすかちゃんのことで頭《あたま》がいっぱい。

「おい、気合《きあ》い入《い》れて掃除《そうじ》しろよ」

うしろから声《こえ》が飛《と》んできた。

振《ふ》り返《かえ》ると、桐原《きりはら》だ。

「桐原《きりはら》って、掃除《そうじ》に気合《きあ》い入《い》れるタイプだったっけ？」

小学校時代《しょうがっこうじだい》は、掃除時間《そうじじかん》にふざけて先生《せんせい》におこられてばかりだった。

「おれは心《こころ》を入《い》れ替《か》えたんだ」

桐原《きりはら》は胸《むね》を張《は》った。

桐原淳平《きりはらじゅんぺい》。わたしの「初恋《はつこい》の人《ひと》」。

熱血漢《ねっけつかん》で、負《ま》けずぎらいで、まっすぐな性格《せいかく》。悪《わる》いことは悪《わる》いとはっきり言《い》い、いいことはいいって、率直《そっちょく》にほめる。そんなさっぱりした気立《きだ》ての奴《やつ》で。わたし、大好《だいす》きだった。

でも。6年生《ねんせい》の時《とき》、桐原《きりはら》に「うそコク」された。それをかくれて見《み》ていた男子《だんし》たちに笑《わら》いものにされた。

それ以来《いらい》、長《なが》いことといがみあってきたんだ。

その後《ご》、実《じつ》は桐原《きりはら》もわたしを好《す》きだったって、告白《こくはく》されて。あの時《とき》の「うそコク」にも、やむにやまれぬ事情《じじょう》があったって知《し》って。

その時《とき》にはもう、わたしの心《こころ》の中《なか》には蓮見《はすみ》くんがいたから、桐原《きりはら》の告白《こくはく》は断《ことわ》った。でもね、かなり戸惑《とまど》ったよ。だってほんとは両想《りょうおも》いだったんだもんね。

桐原《きりはら》はせっせと落《お》ち葉《ば》を掃《は》いている。でも、強《つよ》い風《かぜ》が吹《ふ》いて、せっかく集《あつ》めた落《お》ち葉《ば》の山《やま》が、舞《ま》い上《あ》がって散《ち》らばってしまった。

「おい、これじゃ元通《もとどお》りじゃねーかよ」

頭《あたま》をかかえる桐原《きりはら》。

「あはっ」

思《おも》わず笑《わら》ってしまった。

「笑《わら》うなよ、真帆《まほ》。性格悪《せいかくわる》いぞ」

「桐原《きりはら》よりはマシだよ」

こんなふうに軽口《かるくち》をたたきあう日《ひ》が来《く》るなんて、桐原《きりはら》に振《ふ》られた時《とき》は、想像《そうぞう》もできなかった。

蓮見《はすみ》くんは……。

あすかちゃんと、こんなふうに「友《とも》だち」にもどれる日《ひ》、来《く》るのかな。

あすかちゃんは、どうしたいんだろう。

きっと昔《むかし》は、蓮見《はすみ》くんのことを、好《す》きだったんじゃないかな。蓮見《はすみ》くんは気《き》づいてないけど。

好《す》きだから、自分《じぶん》のチョコより立派《りっぱ》なガトーショコラを見《み》て、ついけなしちゃったんだと思《おも》う。

だからって、口《くち》にしちゃいけないことばだとは思《おも》うけど。

目《め》に涙《なみだ》をためて「怜《れい》くん！」って呼《よ》びかけてた、あすかちゃんの声《こえ》。すごくせつなくひびいた。

あすかちゃん、蓮見《はすみ》くんを傷《きず》つけたこと、後悔《こうかい》してるんじゃないかな……。

5. ずっと会《あ》いたかった

あすかちゃんが転入《てんにゅう》してきたのは、それからちょうど1週間後《しゅうかんご》。

いっしょのクラスになれたらいいねーって言《い》い合《あ》ってたけど、それはかなわず。わたしたちの2組《くみ》じゃなくて、となりのとなり、4組《くみ》になった。

「とにかくかわいくてね。雰囲気《ふんいき》は、うーん……。なんていうか、清純派《せいじゅんは》アイドルって感《かん》じ？　うちのクラスの男子《だんし》たち、みんな、ぽーっとしてるよ」

なつみちゃんが言《い》った。

和田《わだ》なつみちゃんは、明《あか》るくて元気《げんき》で前向《まえむ》きな、ポニーテールがよく似合《にあ》う女《おんな》の子《こ》。ひかると同《おな》じ演劇部《えんげきぶ》で、クラスは4組《くみ》。

休《やす》み時間《じかん》、用事《ようじ》があってひかるのところに来《き》て、そのままわたしたち同盟《どうめい》メンバーとおしゃべりしてる。話題《わだい》はもっぱら、転校生《てんこうせい》のあすかちゃんのこと。

「その転校生《てんこうせい》と、桃《もも》ちゃんと、どっちがモテるかなあ？」

と、アキ。

「さあねえ……。桃花《もも か》ちゃん、すっごくかわいいから。でも」

なつみちゃんが桃花《もも か》をちらっと見《み》やる。

「でも、彼氏《かれ し》できちゃったもんね」

ひかるがなつみちゃんのせりふのつづきを言《い》った。

「や、やめてよからかうのっ」

桃花《もも か》ってば、顔真《かお ま》っ赤《か》だよ。

ずっと素直《す なお》になれなかった桃花《もも か》だけど、いろいろあって、最近《さいきん》やっと、河合先輩《かわ い せんぱい》と正式《せいしき》につきあい始《はじ》めた。

河合先輩《かわ い せんぱい》は、新聞部《しんぶん ぶ》とかけもちで演劇部《えんげき ぶ》の活動《かつどう》もしてるから、なつみちゃんとも仲《なか》がいい。なつみちゃん、人知《ひと し》れず応援《おうえん》してたみたい。

「わたし、実《じつ》は、あすかちゃんと友《とも》だちなんだ。塾《じゅく》がいっしょで」

そう言《い》うと、みんな、「へえーっ」と目《め》を丸《まる》くした。

ちょうどその時《とき》。

「真帆《ま ほ》ちゃーんっ！」

かわいらしい声《こえ》がひびきわたった。

わたしたちも、教室《きょうしつ》にいたみんなも、いっせいにドアのほうを見《み》やる。

「あすかちゃん！」

わたしは席《せき》を立《た》って、あすかちゃんのもとへ。

「真帆《まほ》ちゃん、来《き》ちゃった」

「どうぞどうぞ。今《いま》、わたしの席《せき》で友《とも》だちとしゃべってたの。あすかちゃんもおいでよ」

「ありがと。でも……」

あすかちゃんはぐるっと教室中《きょうしつじゅう》を見回《みまわ》した。そして、

「怜《れい》くん、いる」

小声《こごえ》でつぶやいた。

どきっと心臓《しんぞう》がはねる。

窓側《まどがわ》の自分《じぶん》の席《せき》で本《ほん》を読《よ》んでいる蓮見《はすみ》くんを、あすかちゃんは、しばらく見《み》つめていたけど。

「わたし……。行《い》ってくる。真帆《まほ》ちゃんもうすうす気《き》づいてると思《おも》うけど、怜《れい》くんとわたし、昔《むかし》仲《なか》が良《よ》かったの」

そう言《い》って、蓮見《はすみ》くんのもとへ歩《ある》いていく。

「ま、待《ま》ってあすかちゃん」

今《いま》から話《はな》しかけるの!?

あわてるわたしにかまわず、あすかちゃんは、

「怜《れい》くん！」

とびきりの笑顔《えがお》で、蓮見《はすみ》くんに話《はな》しかけた！

蓮見《はすみ》くんはなにも言《い》わず、目線《めせん》だけをあげた。

ちらりとあすかちゃんのすがたを認《みと》めると、ふたたび本《ほん》に視線《しせん》をもどす。

蓮見《はすみ》くん、おこってる……？

「ねえ、わたしのこと覚《おぼ》えてる？　覚《おぼ》えてるよね？　横峯《よこみね》あすかだよ」

かまわず、あすかちゃんは話《はな》し続《つづ》けた。

蓮見《はすみ》くんはなにもこたえない。

「まさか会《あ》えるなんて思《おも》わなかった」

教室《きょうしつ》にいる、ほかの生徒《せいと》たちが、あすかちゃんのほうをちらちら見《み》てる。

ただでさえ転校生《てんこうせい》って注目《ちゅうもく》集《あつ》めやすいのに、モテモテだけど塩対応《しおたいおう》で有名《ゆうめい》な蓮見《はすみ》くんにいきなり話《はな》しかけるなんて、めちゃくちゃ目立《めだ》つもん。

「わたし、ずっと怜《れい》くんに言《い》いたいことがあって。ずっと会《あ》いたかったの」

必死《ひっし》に訴《うった》える、あすかちゃん。

蓮見《はすみ》くんのまゆが、ぴくっと動《うご》く。顔《かお》をあげて、なにか言《い》おうとした、その時《とき》。

キーンコーン、カーンコーン。

チャイムが鳴《な》った。

あすかちゃんは、

「また来《く》るね」

と蓮見《はすみ》くんに告《つ》げて、わたしにも、小《ちい》さく手《て》を振《ふ》って、自分《じぶん》の教室《きょうしつ》にもどっていった……。


嵐《あらし》が起《お》こったのは、その次《つぎ》の休《やす》み時間《じかん》。

「ちょっと森下《もりした》さん、どーいうこと⁉　あの子《こ》、蓮見《はすみ》くんのなに⁉」

いきなりわたしにつっかかってきたのは、蓮見《はすみ》くんファンの沢渡《さわたり》さん。

さいしょは、蓮見《はすみ》くんの近所《きんじょ》に住《す》んでるわたしにも強《つよ》く当《あ》たってきてたけど、最近《さいきん》は「仲間《なかま》」みたいに思《おも》われてるのかなんなのか、蓮見《はすみ》くんと親《した》しげな女子《じょし》がいると、なぜかわたしにいかりの矛先《ほこさき》を向《む》けてくる。

「わたしに聞《き》かれても……。本人《ほんにん》に聞《き》きなよ」

そうこたえるしかない。

「聞《き》いたけど、なんも教《おし》えてくれねーぞ」

そう言《い》って沢渡《さわたり》さんの横《よこ》にすっとあらわれたのは、桐原《きりはら》。

「なんであんたまで……」

「おれだって気《き》になるんだよ。っつーか、いきなりあらわれた転校生《てんこうせい》なんかに蓮見《はすみ》とられてもいいのかよ」

「とられるもなにも」

「そうよ桐原《きりはら》くん！　とられるもなにも、蓮見《はすみ》くんは森下《もりした》さんのカレシじゃないんだからね！」

「うるせっ！　耳元《みみもと》でキャンキャン吠《ほ》えるなよ沢渡《さわたり》」

「はあー!?　あんたのほうが声《こえ》でかいじゃんっ」

っていうかふたりとも声大《こえおお》きすぎるんですけど！

桐原《きりはら》と沢渡《さわたり》さんが言《い》い合《あ》いをしているすきに、そーっと席《せき》を立《た》って、教室《きょうしつ》をぬけ出《だ》した。

廊下《ろうか》のかべにもたれて、深《ふか》く息《いき》を吐《は》く。

あすかちゃん、蓮見《はすみ》くんに「ずっと言《い》いたいことがあった」って……。

やっぱり後悔《こうかい》してるんだよね、昔《むかし》のこと。

それにしても、あんなにまっすぐに蓮見《はすみ》くんに向《む》かっていくなんて。そっけなくされても、どんどん自分《じぶん》の想《おも》いをぶつけて。

清楚《せいそ》な雰囲気《ふんいき》からは想像《そうぞう》できないぐらい、積極的《せっきょくてき》で、ガッツがある。

蓮見《はすみ》くんがあすかちゃんに抱《いだ》いてるわだかまりが、もし解《と》けたら。

ふたりが仲直《なかなお》りしたら。

その時《とき》、蓮見《はすみ》くんの気持《きも》ちは……。どうなるの？

あすかちゃんを好《す》きだったころに、もどってしまうの？

胸《むね》がきゅっと痛《いた》んで、わたしはもう一度《いちど》、ゆっくりと息《いき》を吐《は》いた。


放課後《ほうかご》。部活《ぶかつ》のあと、塾《じゅく》に行《い》った。

1時間《じかん》だけとはいえ、部活《ぶかつ》でクタクタになったあとに塾《じゅく》の授業《じゅぎょう》を受《う》けるのは、けっこうしんどい。

テキストを開《ひら》いて準備《じゅんび》していたら、となりの席《せき》にあすかちゃんが来《き》た。

「真帆《まほ》ちゃん、なんか疲《つか》れてない？」

「ちょっと今日《きょう》の練習《れんしゅう》キツくてさ」

ははは、と苦笑《にがわら》い。

「バドミントン部《ぶ》だっけ？　楽《たの》しい？」

「楽《たの》しいよ。体動《からだうご》かすの、好《す》きなんだ」

「そっか。わたしはね、今日《きょう》、スイーツ部《ぶ》の見学《けんがく》に行《い》ったよ」

「え」

一瞬《いっしゅん》、固《かた》まってしまった。

「入部《にゅうぶ》、するの？」

「うん。部活《ぶかつ》でお菓子作《かしつく》れるなんて最高《さいこう》じゃない？」

あすかちゃんの瞳《ひとみ》がきらきらかがやいた。

そうだよね、あすかちゃん、お菓子作《かしづく》り好《す》きだもんね。そりゃ、スイーツ部《ぶ》なんてものがあれば見《み》に行《い》くに決《き》まってるよ。

「でもね」

あすかちゃんは急《きゅう》に声《こえ》のトーンを落《お》とした。

「……怜《れい》くんがいて、びっくりした」

あすかちゃんのほおが、ほんのり赤《あか》く染《そ》まる。

「学校《がっこう》でちょこっと話《はな》したけど、怜《れい》くんとわたし、友《とも》だちだったの。でも、わたしがひどいことしちゃったせいで、けんかしちゃって、そのまま離《はな》れ離《ばな》れ。わたし、どうしても仲直《なかなお》りしたいの」

「うん……」

仲直《なかなお》り……。あすかちゃんのことを許《ゆる》すか許《ゆる》さないか決《き》めるのは蓮見《はすみ》くんだけど。

わたしは、蓮見《はすみ》くんには、昔《むかし》の傷《きず》から自由《じゆう》になってほしいって思《おも》う。その結果《けっか》、仲良《なかよ》しのふたりにもどるんだったら、それがいちばんいいこと。

でも。……でも。

「今度《こんど》こそ、怜《れい》くんより立派《りっぱ》なチョコ、作《つく》りたいな」

ひとりごちるように、あすかちゃんは小《ちい》さくつぶやいた。

チョコ……。

教室《きょうしつ》に先生《せんせい》が入《はい》ってきた。おしゃべりをやめて、前《まえ》を向《む》く。

そういえば、もう1月《がつ》も下旬《げじゅん》。

もうすぐバレンタイン、だ。

6. どうする!?　バレンタイン

「バレンタイン!?　もうそんなこと考《かん》えてるの!?　まだあと2週間以上《しゅうかんいじょう》あるじゃん」

アキが目《め》をまるくした。

「わたしは考《かん》えてるよ？　手作《てづく》りあげたいなーって」

ひかるが目《め》をうるませた。

「ふーん。本命《ほんめい》がいる人《ひと》にとっては一大《いちだい》イベントなんだね」

アキがふむふむとうなずく。

昼休《ひるやす》み、いつもの同盟《どうめい》メンバーでおしゃべり。みんなどうするのかなって思《おも》って、バレンタインのこと、聞《き》いてみたんだ。

「アキはあげないの？　新川先輩《しんかわせんぱい》とか、高橋《たかはし》とか」

たずねると、

「たぶん、あげると思《おも》う。友《とも》チョコだよ。あ、あとパパにも用意《ようい》しなきゃ」

アキはこたえた。するとそれを聞《き》いた桃花《ももか》が、

「いいこと思《おも》いついた！」

ぽんと手《て》を打《う》った。

「同盟《どうめい》メンバーで友《とも》チョコ交換会《こうかんかい》しよーよ。楽《たの》しそ～」

「いいねー！　でも、もちろん河合先輩《かわいせんぱい》ともデートするんだよね？」

わたしがにやりと笑《わら》うと、とたんに桃花《ももか》は真《ま》っ赤《か》になる。

「し、知《し》らないし！　そんな先《さき》のこと！」

「河合先輩《かわいせんぱい》、今年《ことし》は自分《じぶん》でチョコ作《つく》ろうかなって言《い》ってたよ、部活《ぶかつ》の時《とき》」

と、ひかる。

「えー、すごい！　桃《もも》ちゃんもらえるんだ、いいな～。河合先輩《かわいせんぱい》って、チョコに『LOVE《ラブ》』とか書《か》きそう。そんで、すごい花束渡《はなたばわた》しそう」

アキが言《い》うと、ひかるも「わかるー」とうなずいた。

「へんな妄想《もうそう》やめてよっ。そ、それより真帆《まほ》でしょ！」

桃花《ももか》が人差《ひとさ》し指《ゆび》をぴっとわたしに突《つ》き付《つ》けた。

ひかるも、わたしにずいっと身《み》をよせた。

MOMOKA
MAHO
HIKARU
AKI

「告白《こくはく》、するの？」

どきんっ！

「で、できれば……」

っていうか、バレンタイン以外《いがい》に、告白《こくはく》するチャンス、なくない!?

それに、あすかちゃんも蓮見《はすみ》くんにチョコあげるっぽいし。作《つく》りたいとしか言《い》ってなかったけど、絶対《ぜったい》あれは、あげるってことだよね？

「ああっ、どうしようっ！」

それってただの友《とも》チョコなのかな!? あすかちゃん、今《いま》は蓮見《はすみ》くんのこと、どう思《おも》ってるの？

「いきなりどうしたの、真帆《まほ》。頭抱《あたまかか》えちゃって」

ひかるが困惑《こんわく》してる。

あすかちゃんと蓮見《はすみ》くんの関係《かんけい》、同盟《どうめい》メンバーには、ふわっと、「昔《むかし》のクラスメイトなんだって」としか伝《つた》えてない。

だって、蓮見《はすみ》くんの過去《かこ》のこと、わたしが勝手《かって》にぺらぺらしゃべるわけにいかないし。ふたりとも、みんなには知《し》られたくないと思《おも》うし。

だから、わたしの今《いま》の「もやもや」は、わたしひとりだけで抱《かか》えておくしかない。

「ごめん、みんな。わたしはだいじょうぶ」

わたしは顔《かお》をあげて、乱《みだ》れた髪《かみ》の毛《け》を手《て》で整《ととの》えた。

「バレンタインだからって、無理《むり》して告白《こくはく》しなくてもいいんじゃない？」

ひかる、やさしい。わたしが『告白《こくはく》』のプレッシャーに押《お》しつぶされそうになってるって思《おも》ってくれてるんだ。

「だいじょうぶ。告白《こくはく》するよ。わたしにだってできる！」

きっぱり言《い》い切《き》った。

みんなの前《まえ》で宣言《せんげん》して、自分《じぶん》に「できる」って暗示《あんじ》をかけるんだ。

わたしは蓮見《はすみ》くんに自分《じぶん》の気《き》持《も》ちを伝《つた》えたいって思《おも》ってた。ずっとずっと、思《おも》ってた。あすかちゃんが転校《てんこう》してくる前《まえ》から、ずっと。

蓮見《はすみ》くんの「トクベツ」になりたい。


次《つぎ》の日《ひ》。

昼休《ひるやす》み、わたしは図書室《としょしつ》に行《い》った。バレンタインはまだ先《さき》だけど、告白《こくはく》するって決《き》めたら、気《き》持《も》ちがふわふわして落《お》ち着《つ》かないの。

やっぱりチョコは手作《てづく》りしたほうが、気持《きも》ち、伝《つた》わるのかな？

料理《りょうり》のレシピ本《ぼん》が並《なら》んでいる棚《たな》へ向《む》かう。

『かんたん手作《てづく》りスイーツ』というタイトルの本《ほん》を手《て》に取《と》って、ぱらぱらめくった。

「なにこれ。ぜんぜん『かんたん』じゃないじゃん……」

思《おも》わず、つぶやいた。載《の》ってるお菓子《かし》、ぜんぶ本格的《ほんかくてき》に見《み》えるし、工程《こうてい》も多《おお》いし……。

「あれ？　どうしたの？」

背後《はいご》で、声《こえ》がした。

どきんと心臓《しんぞう》がはねる。

「蓮見《はすみ》、くん」

「森下《もりした》さんがお菓子《かし》の本見《ほんみ》てる。めずらしい」

蓮見《はすみ》くんは、わたしの顔《かお》と、手《て》にしている本《ほん》を、交互《こうご》にまじまじと見《み》つめた。

「こ、こ、これは、そのっ」

まさか『あなたにお菓子《かし》を作《つく》るためです』なんて言《い》えない！

「い、いとこの誕生日《たんじょうび》がもうすぐでっ！　い、いとこは甘《あま》いものに目《め》がなくてっ」

「作《つく》るの？」

蓮見《はすみ》くんはほほえんだ。

「つ、作《つく》るのは無理《むり》かなあ……」

目《め》をそらして、ぎこちない笑《え》みをうかべた。

「おれ、協力《きょうりょく》しようか？」

「えっ！　そ、そんな。いいよっ」

もうすぐ誕生日《たんじょうび》のいとこなんて実《じつ》はいないし！

はやく話題《わだい》をそらさないと。

「あすかちゃん、スイーツ部《ぶ》、入《はい》ったんだよね？」

昨日《きのう》の夜《よる》、「正式《せいしき》に入部《にゅうぶ》した」って、メッセージをもらっていたんだ。

蓮見《はすみ》くんのほおが、ぴくっとこわばる。

しまった。よりにもよって、いきなりあすかちゃんの話《はなし》を振《ふ》ってしまった。

「……うん。楽《たの》しそうにしてるよ」

「そっか」

楽《たの》しそうなら、よかった。

蓮見《はすみ》くんはどう思《おも》ってるの？　あすかちゃんと同《おな》じ部活《ぶかつ》で。

気《き》になったけど、どうしても聞《き》けない。

「今《いま》、スイーツレシピコンテストに向《む》けてがんばってるんだっけ？」

「うん。もうすぐ締《し》め切《き》りで、2月中旬《がっちゅうじゅん》に書類選考《しょるいせんこう》の結果《けっか》が出《で》る」

「そっか。がんばってね」

ちょうどバレンタインのころだね。この間《あいだ》は試食《ししょく》できなくて残念《ざんねん》だったな。

「おれ、もし選考通《せんこうとお》ったら……。森下《もりした》さんに」

蓮見《はすみ》くんがちらっとわたしの目《め》を見《み》た。

どきっと心臓《しんぞう》が大《おお》きく跳《は》ねる。

蓮見《はすみ》くんはなかなか続《つづ》きのことばを言《い》わない。

「わたしに、なに？」

「……いや、なんでもない」

「気《き》になる。教《おし》えてよ」

蓮見《はすみ》くんのほおが少《すこ》し赤《あか》い。もしかして、風邪《かぜ》？

だいじょうぶ？　って聞《き》こうとしたら、

「静《しず》かにしてください」

図書委員《としょいいん》の人《ひと》に、注意《ちゅうい》されてしまった。

「はあい……」

しゅんとしぼんで、本《ほん》を棚《たな》にもどす。

「じゃ、おれ、教室《きょうしつ》もどるから」

蓮見《はすみ》くんのささやき声《ごえ》が、背後《はいご》で聞《き》こえた。

「えっ？　もう？」

くるっと振《ふ》り返《かえ》ると、もう蓮見《はすみ》くんのすがたはなかった。

行《い》っちゃった。っていうか、忍者《にんじゃ》なみに立《た》ち去《さ》るのが速《はや》すぎる。

蓮見《はすみ》くん、さっき、なにを言《い》いかけたんだろう。


そうこうしているうちに、1月《がつ》も終《お》わりに近《ちか》づいてきた。

あすかちゃんは、「部活《ぶかつ》が楽《たの》しい」ってメッセージをくれる。蓮見《はすみ》くんと仲直《なかなお》りできたって報《ほう》告《こく》はないから、まだ平行線《へいこうせん》のままなのかな。

聞《き》けばいいんだろうけど、なんとなくためらっちゃう。

蓮見《はすみ》くんにも聞《き》けないし。

「はあ……」

部活《ぶかつ》の時間《じかん》。今《いま》、体育館《たいいくかん》で、準備体操《じゅんびたいそう》とストレッチをしてるとこ。ぐーっとアキレス腱《けん》をのばしていると、ため息《いき》がこぼれ出《で》た。

「どしたの真帆《まほ》。元気《げんき》ないじゃん」

千絵《ちえ》がわたしに笑《わら》いかけた。

千絵《ちえ》はあすかちゃんやなつみちゃんと同《おな》じ4組《くみ》で、なつみちゃんとは特《とく》に仲《なか》がいい。

「元気《げんき》ないように見《み》える？」

「うん。理由《りゆう》もわかるよ。2組《くみ》も数学《すうがく》、小野先生《おのせんせい》だよね？」

「そうだけど、なんで？」

「めっちゃたくさん宿題《しゅくだい》出《で》たじゃん。金曜提出《きんようていしゅつ》なのに、あたし全然《ぜんぜん》やってなくてさー」

「宿題《しゅくだい》……」

そういえばそんなものがあったような。しばらく記憶《きおく》をたどる。

「…………あ！」

宿題《しゅくだい》のテキスト！　机《つくえ》の中《なか》に入《い》れっぱなしだった！

「やばっ！　わたし、教室《きょうしつ》に取《と》りに行《い》ってくる！」

金曜《きんよう》って明後日《あさって》だよ！　あと2日《か》しかないじゃん！
わたしは急《いそ》いで体育館《たいいくかん》を飛《と》び出《だ》した。
校舎《こうしゃ》へもどり、階段《かいだん》をだだっと駆《か》け上《あ》がる。
まっすぐに1年《ねん》2組《くみ》の教室《きょうしつ》へ。
閉《し》まっているドアに手《て》をかけようとしたら。
「……いきなり呼《よ》び出《だ》してごめんなさい」
女《おんな》の子《こ》の声《こえ》が聞《き》こえて、わたしはぴたっと固《かた》まった。
せつなげな声《こえ》。わたしがよく知《し》ってる声《こえ》。
「どうしても怜《れい》くんと話《はなし》がしたかったの。ふたりきりで」
あすかちゃん、だ。
どくどくと心臓《しんぞう》が早鐘《はやがね》をうつ。
蓮見《はすみ》くんといっしょ、なの……？

7. 両想《りょうおも》い「だった」ふたり

瞬間冷凍《しゅんかんれいとう》したみたいに、体《からだ》が固《かた》まって動《うご》かない。

このままここにいたら、ふたりの会話《かいわ》が聞《き》こえてしまう。でも、でも……。

「わたし、怜《れい》くんと、昔《むかし》みたいに仲良《なかよ》くしたい。おしゃべりしたり、いっしょに帰《かえ》ったり、できれば遊《あそ》びに行《い》ったりも……したくて」

わたし、はやく立《た》ち去《さ》らなきゃ。

でも。……でも。足《あし》が動《うご》かない……。

「はっきり言《い》っておくけど」

蓮見《はすみ》くんの低《ひく》い声《こえ》が聞《き》こえる。

「おれはもう、昔《むかし》にはもどれない。横峯《よこみね》のために作《つく》ったものを、食《た》べもせずにけなされて、……いや、『作《つく》ったこと』そのものを否定《ひてい》されて。すごい傷《きず》ついたんだよ」

たんたんとつげる声《こえ》。

「今《いま》はこうしてスイーツ部《ぶ》の活動《かつどう》もしてるし、おれの趣味《しゅみ》をわかってくれる友《とも》だちもいる。だけど、それまでは、ひたかくしにしてた。お菓子作《かしづく》りが好《す》きだってこと。……引《ひ》く、って言《い》われて以来《いらい》、ずっと。……こわくて」

「ごめんなさい！」

蓮見《はすみ》くんの声《こえ》にかぶせるように、あすかちゃんの叫《さけ》び声《ごえ》がひびいた。

「わ、たし……。すごく恥《は》ずかしかったの。あの時《とき》、わたしも怜《れい》くんにあげるチョコ、わたそうと思《おも》って、持《も》ってきてたんだよ？　でも、怜《れい》くんのガトーショコラが上手《じょうず》すぎて、自分《じぶん》の作《つく》ったチョコがみすぼらしく思《おも》えて……。気《き》づいたら……」

くすん、と、はなをすするような音《おと》が聞《き》こえる。

あすかちゃん、泣《な》いてる……？

「あんなこと言《い》ってごめんね……」

苦《くる》しそうな声《こえ》。わたしまで胸《むね》が痛《いた》くなる。

蓮見《はすみ》くんは今《いま》、どんな顔《かお》をして、あすかちゃんのことばを聞《き》いてるの？

「……怜《れい》くん」

涙《なみだ》に濡《ぬ》れた、あすかちゃんのせつない声《こえ》。

「あの時《とき》わたすつもりだった、わたしのチョコ。本命《ほんめい》……だったんだ」
どくん、と、大《おお》きな音《おと》が鳴《な》った。
わたしの心臓《しんぞう》の音《おと》だ。
瞬間《しゅんかん》、邪悪《じゃあく》な魔法《まほう》が解《と》けたみたいに、凍《こお》り付《つ》いていた足《あし》が動《うご》いた。
一歩《いっぽ》、二歩《にほ》、後《あと》ずさりして。くるっと向《む》きを変《か》えて。
わたしは廊下《ろうか》を走《はし》った。
本命《ほんめい》、だった。
やっぱりあすかちゃんは、蓮見《はすみ》くんのことを……。
ふたりは両想《りょうおも》いだった。それを、蓮見《はすみ》くんは、知《し》ってしまった。
あすかちゃんの口《くち》から聞《き》いてしまった。
体育館《たいいくかん》にもどったわたしは、ずっと放心状態《ほうしんじょうたい》。
なんとか練習《れんしゅう》を終《お》えて、家《いえ》に帰《かえ》る。
冬《ふゆ》の日《ひ》は落《お》ちるのが早《はや》くて、もう外《そと》は暗《くら》い。
そして……寒《さむ》い。
蓮見《はすみ》くん、どう思《おも》ったかな。あの後《あと》、あすかちゃんに、どんなことばを返《かえ》したの？

今《いま》もきっと、混乱《こんらん》……してるよね。

わたしも、そうだったもん。桐原《きりはら》と、実《じつ》は両想《りょうおも》いだったって知《し》った時《とき》。

もしもあの時《とき》、わたしがまだ蓮見《はすみ》くんと出会《であ》ってなかったら。好《す》きになってなかったら。

わたしはもう一度《いちど》、桐原《きりはら》のことを好《す》きになったかもしれない。今《いま》ごろ、桐原《きりはら》とつきあってたかも……しれない。

蓮見《はすみ》くんは、どうなの？

あすかちゃんに昔言《むかしい》われたこと、許《ゆる》せるの？

もう一度《いちど》……好《す》きになってしまうの？


次《つぎ》の日《ひ》。登校《とうこう》すると、わたしは教室《きょうしつ》で、まっさきに蓮見《はすみ》くんのすがたを探《さが》した。

蓮見《はすみ》くんは涼《すず》しい顔《かお》で文庫本《ぶんこぼん》を読《よ》んでいる。一見《いっけん》、いつもと変《か》わらないように見《み》えるけど……。

ふと、蓮見《はすみ》くんが本《ほん》をぱたんととじた。そしてそのまま深《ふか》く息《いき》を吐《は》いて、机《つくえ》につっぷしてしまった。

蓮見《はすみ》くん、やっぱり、あすかちゃんのことを考《かんが》えてる？

と、いきなり、背中《せなか》をとんっとたたかれた。

「真帆《まほ》ちゃんっ」

「わああっ」

アキだ。

「数学《すうがく》の宿題《しゅくだい》、終《お》わった？　あたし、存在《そんざい》すら忘《わす》れてて。今《いま》ピンチなんだよね〜」

「あ」

わたしも忘《わす》れてた。せっかく昨日《きのう》、千絵《ちえ》が思《おも》い出《だ》させてくれたのに！

「明日提出《あしたていしゅつ》……だったよね？」

こくこくと、アキがうなずく。

やばいよ〜!!

休《やす》み時間《じかん》も昼休《ひるやす》みも、ずっとテキストを解《と》き続《つづ》けたけど、半分《はんぶん》しか終《お》わらなかった。

蓮見《はすみ》くんのことが気《き》になって、ちらちら見《み》ちゃって、ぜんぜん集中《しゅうちゅう》できないし。

だって蓮見《はすみ》くん、やっぱり、いつもよりぼんやりしているように見《み》えるんだもん。

昨日《きのう》のあすかちゃんのことばが、気《き》になってるんだよね……？

放課後《ほうかご》。

「あああああ。もう今《いま》すぐ帰《かえ》りたい〜。数学《すうがく》が終《お》わんない〜」

ぶんぶんとラケットを振《ふ》りながら愚痴《ぐち》ると、千絵《ちえ》があははと笑《わら》った。

昨日《きのう》も蓮見《はすみ》くんのことを考《かんが》えてて あんまり眠《ねむ》れなかったのに、今日《きょう》も宿題《しゅくだい》で寝《ね》られないの確定《かくてい》じゃん。サイアクすぎる。

蓮見《はすみ》くんとあすかちゃん、今《いま》も、いっしょに部活《ぶかつ》してるんだよね……？

気《き》になりすぎる！

ふたり組《ぐみ》になって、ラリー練習《れんしゅう》をする。休憩時間《きゅうけいじかん》、体育館《たいいくかん》のすみっこに座《すわ》って天井《てんじょう》を見《み》つめていると、千絵《ちえ》がやってきた。

「疲《つか》れてんね〜」

「まあね〜」

千絵《ちえ》がわたしの横《よこ》に腰《こし》をおろした。

「ってか、真帆《まほ》って、横峯《よこみね》さんと仲《なか》いいんだっけ？」

「うん。塾《じゅく》がいっしょで」

千絵《ちえ》がいきなりあすかちゃんの話《はなし》を振《ふ》ってきたから、思《おも》わずどきっとしてしまった。

「横峯《よこみね》さんさ、今《いま》、休《やす》み時間《じかん》、あたしとなつみといっしょにいるんだけど。ちょっと前《まえ》まで、いちばん目立《めだ》つグループの子《こ》たちといっしょにいたんだよね」

「千絵《ちえ》たちのグループに変《か》わったってこと？」

「うん。なんていうか、その……。あんまりよく思《おも》われてないみたいでさ」

「あすかちゃんが？　ほかの子《こ》たちに？」

千絵《ちえ》は、神妙《しんみょう》な顔《かお》をして、うなずいた。

「かわいいからさ、嫉妬《しっと》されてんじゃない？　あざとい、とか言《い》われてるみたい」

「そうなんだ……」

ピッ、と、ホイッスルが鳴《な》った。

「休憩《きゅうけい》終《お》わりー」と、部長《ぶちょう》の声《こえ》がひびく。

「はいっ！」

わたしと千絵《ちえ》は、威勢《いせい》よく返事《へんじ》をすると、ラケットを持《も》って立《た》ち上《あ》がった。

中途半端《ちゅうとはんぱ》なとこで会話《かいわ》が終《お》わっちゃったけど。千絵《ちえ》、たぶん、あすかちゃんを守《まも》ってあげてほしい、って言《い》いたくて、そんな話《はなし》をしたんだと思《おも》う。

嫉妬《しっと》されてる、か。それって、蓮見《はすみ》くんに積極的《せっきょくてき》に話《はな》しかけにいってるせいもあるのかも。

実際《じっさい》、沢渡《さわたり》さんも「なにあの子《こ》！」っておこってたもんなあ……。

結局《けっきょく》そのまま、千絵《ちえ》に話《はなし》の続《つづ》きを聞《き》くことなく、練習《れんしゅう》が終《お》わった。

千絵《ちえ》となつみちゃんがいるから、クラスでひとりになるってことはないだろうけど、ちょっと心配《しんぱい》。あすかちゃん、つらい気持《きも》ちを抱《かか》え込《こ》んでるんじゃないのかな。

夜《よる》、メッセージを送《おく》ってみようかなって思《おも》ったけど、宿題《しゅくだい》でいっぱいいっぱいなのと、蓮見《はすみ》くんとの会話《かいわ》を聞《き》いてしまったことがうしろめたくて、なにも送《おく》れなかった。

明日《あした》、4組《くみ》に遊《あそ》びに行《い》ってみようかな。なつみちゃんと千絵《ちえ》もいるし。うん、そうしよう。

次《つぎ》の日《ひ》の昼休《ひるやす》み、わたしはふらっと4組《くみ》を訪《おとず》れた。

千絵《ちえ》となつみちゃんが、いっしょに本《ほん》を広《ひろ》げて見《み》ている。わたしが近《ちか》づくと、すぐに千絵《ちえ》が顔《かお》をあげた。

「どしたの真帆《まほ》。なんかの教科書《きょうかしょ》忘《わす》れたの？」

「失礼《しつれい》な。ちょっと遊《あそ》びに来《き》ただけだよ」

ふたりが広《ひろ》げている本《ほん》がちらっと目《め》に入《はい》る。お菓子《かし》の作《つく》り方《かた》の本《ほん》だ。

しかもチョコレートのページ。なつみちゃんがいっしょうけんめいメモしてる。バレンタインに、誰《だれ》かにあげるため……とか？

「作《つく》るの？　あすかちゃんがお菓子作《かしづく》り上手《じょうず》だから、相談《そうだん》してみたら？」

わたしが言《い》うと、なつみちゃんはこくんとうなずいて、

「困《こま》ったら聞《き》こうと思《おも》ってるけど、できるだけ自分《じぶん》の力《ちから》でやりとげたくて」

とこたえた。すごい。気合《きあ》い入《はい》ってる！

「っていうか、あすかちゃんは？」

わたしは4組《くみ》の教室《きょうしつ》をきょろきょろ見回《みまわ》した。ぜんぜんすがたが見《み》えない。

「横峯《よこみね》さんなら、なんか、誰《だれ》かに呼《よ》び出《だ》されてどこか行《い》ったよ？」

近《ちか》くにいた生徒《せいと》が教《おし》えてくれた。

よ、呼《よ》び出《だ》し!?　もしかして告白《こくはく》!?

なつみちゃんが、きらっと目《め》をかがやかせた。

「すごい。ひょっとして、告白《こくはく》されてる……？」

「わたしも同《おな》じこと考《かんが》えてた……！」

なつみちゃんとふたり、うなずきあっていると、

「ちがうと思《おも》うよ」

まじめな顔《かお》で否定《ひてい》されてしまった。

「呼《よ》び出《だ》したの、女子《じょし》の集団《しゅうだん》だったもん。部活《ぶかつ》の先輩《せんぱい》とかかな？」

女子《じょし》の集団《しゅうだん》？

なんだか、いやな予感《よかん》がする。

「わたし……。ちょっと行《い》ってくる」

「え？　行《い》くって、どこに？」

千絵《ちえ》がきょとんと目《め》をまるくした。

「ちょっとそのへん、見《み》て回《まわ》ってくるだけだから」

わたしは4組《くみ》の教室《きょうしつ》を飛《と》び出《だ》した。

この学校《がっこう》で、人目《ひとめ》につかなそうなところっていったら、廊下《ろうか》のつきあたりの空《あ》き教室《きょうしつ》の前《まえ》か、非常階段《ひじょうかいだん》の下《した》の、かげになってるところか。

さいしょに、非常階段《ひじょうかいだん》のほうへ行《い》ってみる。

すると。

「転校生《てんこうせい》のくせに、マジ生意気《なまいき》」

とげのある声《こえ》が耳《みみ》に入《はい》った。

女子《じょし》たちが輪《わ》になって、ひとりの生徒《せいと》を囲《かこ》んでる。そっと近寄《ちかよ》って、柱《はしら》のかげに身《み》をひそめて目《め》をこらすと。
輪《わ》の中《なか》に、あすかちゃんがいた。
うつむいて、顔《かお》をおおっている。
……泣《な》いてる？
いやな予《よ》感《かん》が当《あ》たってしまった。
すぐに助《たす》けなきゃ！

8. あすかちゃんの涙《なみだ》

「先生《せんせい》！」

わたしは声《こえ》をはりあげた。

「先生《せんせい》ー!!　このプリント、どこに運《はこ》べばいいですかー!?」

もちろんわたしはプリントなんて持《も》ってない。ハッタリだ。

でも、わたしの声《こえ》に気《き》づいた女子《じょし》たちは、クモの子《こ》を散《ち》らすように、ぱーっと逃《に》げていった。

「先生《せんせい》」ってワードが効《き》いたってことは、見《み》つかっちゃいけない、聞《き》かれたらとがめられそうなことを、あすかちゃんに言《い》っていたってことで。

あすかちゃんは、ひとり、ぼんやりとたたずんでいる。

目《め》が真《ま》っ赤《か》だ。

「……あすかちゃん」

「真帆《まほ》、ちゃん」

そっとそばに寄《よ》ると、あすかちゃんは、わたしの胸《むね》に飛《と》び込《こ》んできた。

「真帆《まほ》ちゃん……。助《たす》けてくれたの？」

「あすかちゃんが呼《よ》び出《だ》されたって聞《き》いて、なんだか胸騒《むなさわ》ぎがしたんだ。わたしも……あるから」

こんなところに呼《よ》び出《だ》しまではされてないけど、蓮見《はすみ》くんファンの人《ひと》にいろいろ言《い》われたことがある。

桃花《ももか》も男子《だんし》のことで誤解《ごかい》されて呼《よ》び出《だ》し受《う》けたりしてたし、アキも、新川先輩《しんかわせんぱい》ファンの人《ひと》といろいろあったみたいだし……。

泣《な》いているあすかちゃんの背中《せなか》を、そっとさする。

しばらくして落《お》ち着《つ》いたところで、ふたりで、非常階段《ひじょうかいだん》に腰《こし》かけた。

「だいじょうぶ？」

「うん。……ありがとう」

あすかちゃんは、もう泣《な》き止《や》んでいる。

「どこの学校《がっこう》にもいるんだね。ああいう人《ひと》たち」

あすかちゃんは、さびしげにほほえんだ。

「前《まえ》の学校《がっこう》にも……？」

あすかちゃんは、ゆっくりとうなずく。

「わたし、みんなにいろいろ悪口《わるくち》言《い》われてて。男子《だんし》の前《まえ》でだけ態度《たいど》が変《か》わるとか、かわいこぶってるとか。そんなつもり、ないのに。さっきみたいに、面《めん》と向《む》かって言《い》われたこともある」

「あすかちゃん……」

「だからね、一刻《いっこく》も早《はや》く引《ひ》っ越《こ》したくて。早《はや》く転校《てんこう》したくて。どうせバイバイするんだし、それまで割《わ》り切《き》ってたえようって思《おも》って、がんばったの」

「そう、だったんだ」

前《まえ》、進級《しんきゅう》を待《ま》たずに引《ひ》っ越《こ》したいって言《い》ってた。その時《とき》は、新《あたら》しい家《いえ》に住《す》むの、よっぽど楽《たの》しみなんだなって、のんきに思《おも》ってたけど、そんな事情《じじょう》があったなんて。

「でも、やっぱり嫌《きら》われちゃった」

あすかちゃんの目《め》に、じんわりと涙《なみだ》が浮《う》かぶ。

「そんなことないよ。あの人《ひと》たち、あすかちゃんのこと、なにも知《し》らないじゃん。きっと嫉妬《しっと》されてるだけ。さっきも言《い》ったけど、……わたしも、いろいろ言《い》われたし」

蓮見《はすみ》くんの名前《なまえ》は、あえて言《い》わなかった。でも、伝《つた》わったみたいで。あすかちゃんは、こくんとうなずいた。

「あすかちゃんは一《いち》ミリも悪《わる》くないんだからね？　だいたいさあ、大勢《おおぜい》で囲《かこ》んで責《せ》めるなんて、あの人《ひと》たち、卑怯《ひきょう》だよ。ひとりではなにも言《い》えないのかなって感《かん》じ！」

だんだん腹《はら》が立《た》ってきて、こぶしを固《かた》くにぎってヒートアップしてたら。

「そう、だね」

あすかちゃんが弱々《よわよわ》しくうなずく。

「さっきの人《ひと》たちに、腹立《はらた》たないの？」

「わたしにはおこる資格《しかく》ないもん。だってわたしも、昔《むかし》……、同《おな》じことをしたから」

「えっ」

どきっとした。昔《むかし》、って。……まさか。

「怜《れい》くんに、ひどいことしちゃったって、ちょっと話《はな》したよね？　わたし、怜《れい》くんにキツいこと言《い》っちゃって。怜《れい》くんに言《い》い返《かえ》されて、泣《な》いちゃって」

「…………」

あすかちゃんが蓮見《はすみ》くんにどんなことを言《い》ったのか、わたしは知《し》ってる。でも、わたしがそれを蓮見《はすみ》くんに聞《き》いたこと、あすかちゃんは知《し》らない。

「そしたらね。友《とも》だちが、泣《な》いてたわたしをなぐさめてくれて。だんだん、怜《れい》くんひどいって流《なが》れになって。それで……。みんなが、あとで怜《れい》くんを呼《よ》び出《だ》して、責《せ》め立《た》てたの」

「でも、それって、あすかちゃんが友《とも》だちをけしかけたわけじゃないんだよね？」

そう、信《しん》じたい。

「確《たし》かに、あすかちゃんがひどいこと言《い》っちゃったのは、良《よ》くなかったと思《おも》うけど。でも、責《せ》め立《た》てたのは、友《とも》だちがやってしまったことで」

「同《おな》じだよ。だってわたし、怜《れい》くんに言《い》い返《かえ》してやるってみんなに言《い》われても、止《と》めなかったもん、みんなのこと。わたしは自分《じぶん》のプライドのほうが大事《だいじ》だったんだよ」

あすかちゃんは、力《ちから》なくほほえんだ。

「自分《じぶん》がやったことって、自分《じぶん》に返《かえ》ってくるのかな。前《まえ》の学校《がっこう》でも、さっきも、責《せ》められるたびに、そう思《おも》っちゃって」

「……あすかちゃん」

傷《きず》ついた蓮見《はすみ》くんの気持《きも》ちも、傷《きず》つけてしまって後悔《こうかい》してるあすかちゃんの気持《きも》ちも、どちらも、想像《そうぞう》するとつらくて。胸《むね》が苦《くる》しくなる。

「わたし、怜《れい》くんのことが……好《す》きなの」

どくんと、大《おお》きく心臓《しんぞう》が脈打《みゃくう》った。

好《す》き、って。……今《いま》も、ってこと？

「わたし、バカだよね」

あすかちゃんがわたしの肩《かた》に、とん、と寄《よ》りかかった。

「あきらめられないの。離《はな》れ離《ばな》れになっても、嫌《きら》われても、ずっと好《す》きだった。自分《じぶん》が傷《きず》つけたくせに」

あすかちゃんのかぼそい声《こえ》が、わたしの耳《みみ》のすぐそばでひびく。

「怜《れい》くんってね、かわいいものが好《す》きで、きれいなものが好《す》きで、お菓子《かし》も大好《だいす》きで。今《いま》は、あのころとずいぶん変《か》わっちゃってて、びっくりした。ぜんぜん笑《わら》わなくなったし」

「…………」

「わたしのせい、なんだよね。怜《れい》くんが変《か》わっちゃったの」

そうだよ……！　その通《とお》りだよ。

蓮見《はすみ》くんはすごく傷《きず》ついて、本当《ほんとう》の自分《じぶん》をかくすようになっちゃったんだよ。

でも、わたしには、あすかちゃんを責《せ》めることはできない。

好《す》きって気持《きも》ちが裏返《うらがえ》って、取《と》り返《かえ》しのつかないことをしてしまう。わたしにだって、いつか、そんな間違《まちが》いをする瞬間《しゅんかん》が、来《こ》ないとはかぎらないから……。

「もう怜《れい》くんに会《あ》えないって思《おも》ってた。でも、会《あ》えた。これって運命《うんめい》だよね？　怜《れい》くんに謝《あやま》って、もう一度《いちど》、昔《むかし》みたいにもどるチャンスを、神様《かみさま》がくれたんだ」

あすかちゃんは、わたしの肩《かた》から、顔《かお》を離《はな》した。

「真帆《まほ》ちゃん」

そして、わたしの手《て》を、ぎゅっとにぎった。

「わたし、怜《れい》くんに謝《あやま》って、……そして、バレンタインに告白《こくはく》する。今《いま》もずっと好《す》きだよって、伝《つた》えたい」

あすかちゃんのくもりのない目《め》が、わたしの目《め》を、まっすぐにとらえる。

わたし、そらせない。わたしも好《す》き、って、言《い》いたいのに。

「わたし、こんなことうちあけられるの、真帆《まほ》ちゃんだけなんだ。本当《ほんとう》に、真帆《まほ》ちゃんに出会《であ》えてよかった」

「あすかちゃ……」

わたしも蓮見《はすみ》くんが好《す》き、って、言《い》いたいのに。

「協力《きょうりょく》して、……くれる？」

冷《つめ》たい真《ま》冬《ふゆ》の風《かぜ》が吹《ふ》く。あすかちゃんの長《なが》い髪《かみ》が揺《ゆ》れて、白《しろ》いほおに張《は》りつく。
気《き》づいたら、わたしは、小《ちい》さく、うなずいていた。

9．言《い》えない気持《きも》ち

夕《ゆう》ごはんを食《た》べていると、ジャージのポケットに入《い》れていたスマホが、ブブッとふるえた。

取《と》り出《だ》してひらくと、あすかちゃんからのメッセージ。

——今日《きょう》、怜《れい》くん、ちょっとだけ話《はな》してくれたんだよ！

ちくっと、胸《むね》が痛《いた》んだ。

でも、気持《きも》ちとはうらはらに、わたしの指《ゆび》は動《うご》く。よかったね、って打《う》ち込《こ》んで、送信《そうしん》。

「ちょっと真帆《まほ》、ごはんの時《とき》はスマホはやめなさい」

お母《かあ》さんが眉間《みけん》にしわをよせている。

「はあい」

すぐにポケットにスマホをしまった。ふたたび短《みじか》い振動《しんどう》が伝《つた》わる。きっと、あすかちゃんからの返信《へんしん》だ。

湯気《ゆげ》がのぼるお味噌汁《みそしる》をすする。

ふうっと、息《いき》をつく。

あすかちゃんを助《たす》けたあの日以来《ひいらい》、毎日《まいにち》のように、あすかちゃんからメッセージが届《とど》く。おもに、スイーツ部《ぶ》のこととか、蓮見《はすみ》くんのこととか……。

塾《じゅく》がある日《ひ》は、直接《ちょくせつ》おしゃべりする。

あすかちゃん、千絵《ちえ》にもなつみちゃんにも「好《す》きな人《ひと》」の話《はなし》はしてないんだって。

恥《は》ずかしいからひみつにしてね、って言《い》われた。

だから、あすかちゃんが「恋《こい》バナ」ができるのは、今《いま》のところ、わたしだけ。

せき止《と》めていた想《おも》いがあふれて、わたしに話《はな》さずにいられないんだって、言《い》ってた。

ごはんを食《た》べ終《お》えて、自分《じぶん》の部屋《へや》で、ふたたびスマホをひらく。

あすかちゃんとのやりとりを見《み》かえす。

ずっとつれなかった蓮見《はすみ》くんが、昨日《きのう》、はじめて小《ちい》さく笑《わら》い返《かえ》してくれて。今日《きょう》は、少《すこ》しだけ会話《かいわ》した、って。

蓮見《はすみ》くん……。だんだん、あすかちゃんに、心《こころ》を許《ゆる》し始《はじ》めている？

チョコ、本命《ほんめい》だったんだ、って言《い》われたの、どう思《おも》ったのかな。

あすかちゃんに返信《へんしん》したあと、なにげなくＳＮＳ《エスエヌエス》をひらくと、あすかちゃんが投稿《とうこう》していた。

生《なま》クリームでデコられた、かわいいカップケーキの画像《がぞう》。ハッシュタグ、スイーツ部《ぶ》。

部活《ぶかつ》で作《つく》ったんだ……。

ほかの部員《ぶいん》たちの作《つく》ったカップケーキの画像《がぞう》もあがってる。

前《まえ》の学校《がっこう》でつらい思《おも》いをしていた、あすかちゃん。スイーツ部《ぶ》が楽《たの》しそうで、ほかの部員《ぶいん》とも仲《なか》がよさそうで、ほんとによかったって思《おも》うよ。

蓮見《はすみ》くんと、打《う》ち解《と》けそうな雰囲気《ふんいき》なのも……。いいことだって思《おも》う。

でも。

わたしは、どさっと、ベッドに身《み》を投《な》げ出《だ》した。

「告白《こくはく》、……かあ」

小《ちい》さなひとりごとが、ぽつんと宙《ちゅう》に浮《う》かんで、消《き》える。

——バレンタインに告白《こくはく》する。今《いま》もずっと好《す》きだよって、伝《つた》えたい。

あすかちゃんの声《こえ》が、耳《みみ》の奥《おく》でひびく。

わたしだって、告白《こくはく》しようって思《おも》ってた。

思《おも》って……た。

あすかちゃんに、わたしも蓮見《はすみ》くんが好《す》きなんだって、言《い》わなきゃ。協力《きょうりょく》できないって、言《い》わなきゃ。

もう一度《いちど》、メッセージアプリをひらいて。あすかちゃんとのトーク画面《がめん》をひらく。

指《ゆび》がさまよって、文字《もじ》が打《う》てない。じゃあ、このまま通話《つうわ》ボタンを押《お》す？

……できない。

わたしは、ごろんと寝返《ねがえ》りを打《う》って、うつぶせになった。

どうしよう。言《い》えないよ……！


つぎの日《ひ》の、朝《あさ》。

「行《い》ってきます……」

家《いえ》を出《で》て、重《おも》い足取《あしど》りですすむ。ぴかぴかに晴《は》れて、きれいな青空《あおぞら》が広《ひろ》がっているけど、空気《くうき》はきりりと冷《つめ》たい。

ざっ、ざっ、と、規則的《きそくてき》な足音《あしおと》が近《ちか》づいてくる。

どきっと心臓《しんぞう》が音《おと》をたてた。この足音《あしおと》は、蓮見《はすみ》くん、だ。

わたし、毎朝《まいあさ》、蓮見《はすみ》くんといっしょにならないかなって期待《きたい》しながら歩《ある》いてるから、自然《しぜん》と気《け》配《はい》に敏感《びんかん》になっちゃった。

「おはよ、森下《もりした》さん」

となりに並《なら》んだ蓮見《はすみ》くんが、わたしの顔《かお》をのぞきこんだ。

ほら、ね。蓮見《はすみ》くんだ。

「おはよ」

「森下《もりした》さん、なんか、元気《げんき》なくない？」

「そうかな？　そんなことないよ」

ちょっとだけ、そんなことあるかも。蓮見《はすみ》くんと登校《とうこう》の時間《じかん》がかぶって、うれしいはずなのに、

……胸《むね》がチクチクする。

このチクチクはなに？　罪悪感《ざいあくかん》……？　あすかちゃんへの。

「寒《さむ》いとテンション下《さ》がるんだよね」

苦笑《くしょう》しながら言《い》い訳《わけ》すると、蓮見《はすみ》くんはまじめな顔《かお》して、

「ごめん。今日《きょう》はカイロ持《も》ってない」

と言《い》った。

「いいよ〜！」

蓮見《はすみ》くんってば。やさしいなあ……。

胸《むね》の中《なか》がほっこり暖《あたた》かくなる。

やっぱりわたし、ふたりの、この時間《じかん》が大好《だいす》きだよ。やっぱり会《あ》えてラッキーだよ。

並《なら》んで歩《ある》きながら、いろんな話《はなし》をした。

「蓮見《はすみ》くん、スイーツレシピコンテストはどうなったの？」

気《き》づけば、もう2月《がつ》だ。とっくに締《し》め切《き》りはすぎてるよね。

「無事《ぶじ》に出《だ》せたよ」

「書類選考《しょるいせんこう》の結果《けっか》が出《で》るのが、2月《がつ》の中《なか》ごろって言《い》ってたよね」

ちょうど、バレンタインあたりだ。

蓮見《はすみ》くんはうなずく。

「書類選考《しょるいせんこう》に通《とお》ったら、本選《ほんせん》に進《すす》めるんだけど、本選《ほんせん》は、佐久間製菓学校《さくませいかがっこう》で、実際《じっさい》に審査員《しんさいん》の前《まえ》で作《つく》って、試食《ししょく》してもらうことになってる」

「へえーっ。すごい」

テレビで料理《りょうり》コンテストのようすを見《み》たことがある。調理台《ちょうりだい》がたくさんあって、料理人《りょうりにん》ひとりずつが、それぞれの台《だい》で手際《てぎわ》よく調理《ちょうり》して、時間内《じかんない》に仕上《しあ》げるの。たぶんあんな感《かん》じなんだろうな。

「おれと部長《ぶちょう》と、3組《くみ》の山際《やまぎわ》ってやつの、3人《にん》の合作《がっさく》。最初《さいしょ》はそれぞれアイデア持《も》ち寄《よ》って、おれのレシピが採用《さいよう》されて……。3人《にん》でブラッシュアップしていったんだ」

「蓮見《はすみ》くんのレシピなんだ！」

わたしの声《こえ》、はずんでる。

蓮見《はすみ》くんのレシピが採用《さいよう》されたのもすごいけど、今《いま》までひとりで作《つく》っていた蓮見《はすみ》くんが、仲間《なかま》と練《ね》りあげてるっていうのも、なんだか……。じーんとしちゃう。

「どんなお菓子《かし》考《かんが》えたの？」

「……それは」

蓮見《はすみ》くんは、急《きゅう》に言《い》いよどんだ。わたしから、わずかに目《め》をそらしている。

「なんで教《おし》えてくれないの？　前《まえ》、試食《ししょく》してほしいって言《い》ってたじゃん」

あすかちゃんが来《き》てたから、試食《ししょく》はできずじまいだったけど。

「あの時《とき》は。……その。まだ、なんていうか」

蓮見《はすみ》くんはわたしの目《め》を見《み》ない。そのほおも、耳《みみ》も、赤《あか》くなっている。

なんで？　言《い》えないぐらい恥《は》ずかしいなにかがあるの？

「教《おし》えてよーっ」

気《き》になるじゃん！

「だめだって。まだ、その時《とき》じゃない」

「その時《とき》ってどの時《とき》よ!?」

言《い》い合《あ》っているうちに、学校《がっこう》が近《ちか》づいてきた。

「真帆《まほ》ちゃん、怜《れい》くんっ」

あすかちゃんの声《こえ》！

振《ふ》り返《かえ》ると、満面《まんめん》の笑《え》みのあすかちゃんが、わたしの腕《うで》に、自分《じぶん》の腕《うで》をからませた。

「ふたり、こんなふうに、いっしょに登校《とうこう》してるの？」

あすかちゃんは、わずかにほおをふくらませて、わたしに小声《こごえ》でたずねた。

「あ、あのっ。ほら、家《いえ》が近所《きんじょ》だから、たまたまいっしょになって……」

あわてて言《い》い訳《わけ》をはじめるわたし。

「ふーん。ま、そういうこともあるか……」

あすかちゃんは小《ちい》さく首《くび》をかしげると、

「そういえば、千絵《ちえ》ちゃんに聞《き》いたんだけど、真帆《まほ》ちゃんおもしろいね」

と、いたずらっぽい笑《え》みをうかべた。

「おもしろい？　なにが？」

千絵《ちえ》のやつ、わたしの部活中《ぶかつちゅう》のいろんなやらかしを、おもしろおかしく吹《ふ》き込《こ》んだな!?

「絶対好《ぜったいす》きにならない同盟《どうめい》」

「？」

千絵《ちえ》に聞《き》いたのって、同盟《どうめい》のこと？　それっておもしろい？

「友《とも》だちと組《く》んでるんでしょ？　そんなことしてる子《こ》、前《まえ》の学校《がっこう》にはいなかったよ。真帆《まほ》ちゃんって、誰《だれ》とも恋《こい》しないいって決《き》めてるの？」

「ま、まあ……」

最初《さいしょ》はそのつもりでした。固《かた》く誓《ちか》ってました。でも……。

ちらっと蓮見《はすみ》くんを見《み》やる。

蓮見《はすみ》くんもわたしを見《み》て、一瞬《いっしゅん》、目《め》が合《あ》う。

「なんで真帆《まほ》ちゃんは、恋《こい》しないなんて思《おも》ってるの？」

あすかちゃんのシンプルな問《と》いに、

「まあ、いろいろあってね」

もごもごとごまかした。

「そもそもわたし、恋愛《れんあい》とか、そういうキャラじゃないからさっ」

込《こ》み入《い》った過去《かこ》のこととか、こんな、登校中《とうこうちゅう》にさくっと話《はな》せることじゃないよ。

「ふーん……。よくわかんないけど、真帆《まほ》ちゃん、本当《ほんとう》に、この先《さき》、誰《だれ》も好《す》きにならないつもり？」

「もちろんっ」

威勢《いせい》よくこたえた。

蓮見《はすみ》くんが、すぐとなりで聞《き》いているのに。わたしは。

「恋愛《れんあい》なんてめんどくさそうなこと、わたしは勘弁《かんべん》だなーって」

ぺらぺらと、心《こころ》にもないことを、口《くち》にしてしまっていた……。

10. わたし、絶不調《ぜっふちょう》

ああっ！　もうっ！　わたし、なにやってるんだろう!?

授業中《じゅぎょうちゅう》、ぜんぜん集中《しゅうちゅう》できなくて、わたしは机《つくえ》につっぷした。

今朝《けさ》のやりとりが脳内《のうない》をぐるぐる回《まわ》る。

あすかちゃんに本当《ほんとう》の気持《きも》ちを話《はな》すどころか、「誰《だれ》も好《す》きにならない宣言《せんげん》」しちゃうなんて。

しかも、それを蓮見《はすみ》くんに聞《き》かれた。

ずいぶん前《まえ》から「告白《こくはく》する」って決《き》めてるのに……。

「森下《もりした》。森下《もりした》」

誰《だれ》かがわたしを呼《よ》んでいる。ゆっくりと顔《かお》をあげた。

「はっ！　先生《せんせい》！」

先生《せんせい》が、わたしの席《せき》のまんまえで、眉間《みけん》にしわをよせている。

「どうした？　具合《ぐあい》でも悪《わる》いのか？」

「い、いえ。だいじょうぶです。すみません……」

おこられるかと思《おも》ったら、心配《しんぱい》されてしまった。申《もう》し訳《わけ》ない……。

背《せ》すじをぴんと伸《の》ばして、板書《ばんしょ》をノートにうつすけど。

わたしのため息《いき》は、勝手《かって》にこぼれ出《で》て、止《と》まらなかった。

授業《じゅぎょう》が終《お》わってからも、わたしは一日中《いちにちじゅう》こんな感《かん》じで、休《やす》み時間《じかん》もぼんやりしてて。

同盟《どうめい》メンバーにも、めちゃくちゃ心配《しんぱい》されてしまった。

でも、あすかちゃんが蓮見《はすみ》くんを好《す》きだってことは、ひみつにするって約束《やくそく》だし、あすかちゃんと蓮見《はすみ》くんの過去《かこ》のことも、話《はな》すわけにいかないし。

みんなには、「ごめん、なんでもないよ」って言《い》うしかない。

そうこうしているうちに、放課後《ほうかご》になった。

「あー……。部活《ぶかつ》、だ」

思《おも》いっきり体《からだ》を動《うご》かせば、すっきりするかも。

今《いま》、うちのバドミントン部《ぶ》は、月末《げつまつ》の試合《しあい》に向《む》けて練習中《れんしゅうちゅう》。

わたしはシングルスでエントリーする予定《よてい》。

校舎《こうしゃ》を出《で》て、ジャージに着替《きが》えるためにクラブハウスへ向《む》かう。

なんだか体《からだ》がだるくて重《おも》い。

部活《ぶかつ》は楽《たの》しいけど、今日《きょう》は、そのあと塾《じゅく》があるんだよね……。

塾《じゅく》で、今日《きょう》こそはあすかちゃんに、「わたしも蓮見《はすみ》くんが好《す》き」って言《い》いたいけど……、きらした目《め》でスイーツ部《ぶ》の話《はなし》をするあすかちゃんを見《み》てたら、なにも言《い》えなくなる。

いっそ、塾《じゅく》、休《やす》みたい。

でも。でもでも、逃《に》げちゃダメ。このままじゃ、あすかちゃんは蓮見《はすみ》くんに告白《こくはく》して、でもわたしはなにもできなくて……。

もしもあすかちゃんと蓮見《はすみ》くんがつきあうことになったら。

わたしは、笑顔《えがお》で、ふたりに「おめでとう」って言《い》うの？

着替《きが》えて体育館《たいいくかん》に行《い》くと、わたし以外《いがい》の1年生部員《ねんせいぶいん》はみんなすでにウォームアップを始《はじ》めていた。コートや道具《どうぐ》の準備《じゅんび》は1年生《ねんせい》の仕事《しごと》なのに、もう終《お》わっちゃってる。

「ごめん、遅《おく》れちゃって。みんな早《はや》いね」

急《いそ》いで合流《ごうりゅう》してストレッチを始《はじ》める。

「たまたま、みんな、帰《かえ》りのホームルームが早《はや》く終《お》わったんだよ。2年生《ねんせい》はどのクラスも長引《ながび》いてるみたい」

3組《くみ》のえっちゃんがこたえた。

「試合《しあい》に向《む》けてギア入《い》れなくちゃね！」

と、千絵《ちえ》。

千絵《ちえ》、張《は》り切《き》ってるな。わたしも気合《きあ》い入《い》れなくちゃ！

……って、思《おも》ってたはずなのに。

「森下《もりした》さん、だいじょうぶ？　どこか調子悪《ちょうしわる》い？」

試合形式《しあいけいしき》の練習《れんしゅう》の途中《とちゅう》。休憩中《きゅうけいちゅう》に、先輩《せんぱい》に言《い》われた。

「体調《たいちょう》は、いつも通《どお》りなんですけど……」

わたしは首《くび》をかしげた。

「声《こえ》もあんまり出《で》てないし、動《うご》きにキレもないし。らしくないよ？」

「すみません……」

「おこってないよ？　心配《しんぱい》してるだけ」

先輩《せんぱい》はふんわり笑《わら》った。

自分《じぶん》でもわからないけど、足《あし》が重《おも》いっていうか、力《ちから》が出《で》ないっていうか。つまんないミスばっかりしてる。

自分《じぶん》で言《い》うのもなんだけど、わたし、けっこう運動神経《うんどうしんけい》よくって、足《あし》も速《はや》いし、動《うご》きも機敏《きびん》で、瞬発力《しゅんぱつりょく》もあるほうなんだよ。

なのに今日《きょう》は、てんでダメ。頭《あたま》と体《からだ》がちぐはぐな感《かん》じがする。声《こえ》も、いつもはムダに大《おお》きいっ

てあきれられるぐらいなのに。

「あんまり集中《しゅうちゅう》できてない感《かん》じだよね。なんかあった？」

千絵《ちえ》がわたしに言《い》った。

集中《しゅうちゅう》……できてない？

ピッ、と、ホイッスルが鳴《な》る。千絵《ちえ》の問《と》いにこたえる間《ま》もなく、練習再開《れんしゅうさいかい》。

ネットの向《む》こうにいるのは、千絵《ちえ》。

しばらく、ラリーが続《つづ》く。コートの右《みぎ》へ、左《ひだり》へ、千絵《ちえ》が揺《ゆ》さぶりをかけてくるけど、わたしは

なんとかついていった。

やっぱり調子《ちょうし》悪《わる》いな。シャトルを返《かえ》すので精《せい》いっぱいだよ。いつもだったらもっと動《うご》けるのに。

千絵《ちえ》が大《おお》きく振《ふ》りかぶって、スマッシュを放《はな》つ。

といっても、そこまで鋭《するど》くはない。そのかわり、コートの端《はし》の、ちょっと嫌《いや》なところにシャト

ルは飛《と》んでいった。

いつものわたしなら追《お》いつける。返《かえ》せる。いつものわたしなら……。

キュッ、と、シューズがこすれる音《おと》。わたしは派手《はで》に転《ころ》んだ。

「いったあ……」

ホイッスルが鳴《な》り、倒《たお》れこんだわたしに、千絵《ちえ》と、先生《せんせい》が駆《か》け寄《よ》ってくる。

「だいじょうぶ!? 真帆《まほ》」

「だいじょうぶだよ、ちょっと足《あし》がもつれて」

足《あし》もそんなに痛《いた》くないし、余裕余裕《よゆうよゆう》。自分《じぶん》でも本当《ほんとう》にそう思《おも》ってて。かるーく立《た》ち上《あ》がろうとしたら。

「いたたたっ」

足《あし》じゃない。床《ゆか》についた手首《てくび》に、ずきっと痛《いた》みが走《はし》ったんだ。

えっ？　なにこれ？　右手首《みぎてくび》に、力《ちから》が入《はい》んないんだけど？　っていうか腫《は》れてる！

コートの外《そと》に出《で》て、アイシングをするけど、痛《いた》みは増《ま》すばかり。先生《せんせい》がうちに連絡《れんらく》して、わたしは家《いえ》に帰《かえ》ることになった。

仕事帰《しごとがえ》りのお母《かあ》さんが迎《むか》えにきてくれて、そのまま、学校近《がっこうちか》くの整形外科《せいけいげか》へ。

結果《けっか》、手首《てくび》のねんざで。しかも、けっこうひどくて。じん帯《たい》が、ところどころ切《き》れてるって言《い》われた。

かろうじて手術《しゅじゅつ》はまぬがれたけど、しばらくギプスで固定《こてい》して動《うご》かさないようにしなきゃいけない、って……。

「わたし、試合出《しあいで》れるのかな……」

帰《かえ》りの車《くるま》の中《なか》、思《おも》わずつぶやいた。

こんなにがちがちに包帯巻《ほうたいま》かれた手首《てくび》じゃ、ラケット振《ふ》れないじゃん。ギプスが取《と》れても、いきなりはげしい運動《うんどう》しちゃいけないだろうし、リハビリしつつ、だんだん慣《な》らしていかなきゃだよね。試合《しあい》できるレベルまで持《も》っていけるのかな？

「試合《しあい》どころか、日常生活《にちじょうせいかつ》も不便《ふべん》になるわね。利《き》き手《て》だもん」

運転《うんてん》しながら、お母《かあ》さんがこたえた。

「…………」

確《たし》かに。ノートもとれないし、ごはんを食《た》べるのも、着替《きが》えるのも、スマホをいじるのも、ぜーんぶ左手《ひだりて》でやんなきゃいけないんだ。

めちゃくちゃどんよりした気持《きも》ちで、カーナビのモニターをぼんやり眺《なが》める。

夕方《ゆうがた》のニュースが流《なが》れてる。今日《きょう》は2月《がつ》7日《か》……。

はっとした。バレンタインまで、あと1週間《しゅうかん》しかない！

なのに、わたし、利《き》き手《て》をケガしちゃった。

ただでさえ、不器用《ぶきよう》でお菓子《かし》作《づく》りが下手《へた》（ミックス粉《こ》を使《つか》って焼《や》くだけのホットケーキを黒焦《くろこ》げにしちゃうレベル）なのに、チョコなんて作《つく》れるの!?

あすかちゃんにも、自分《じぶん》の気持《きも》ち、言《い》えそうにないし。

やっぱり告白《こくはく》なんて、しないほうがいいのかな……。

11 友《とも》だちだから、勇気《ゆうき》をだして

その日《ひ》の夜《よる》、いっさい右手《みぎて》を使《つか》わずにごはんを食《た》べ（おはしは無理《むり》だからスプーンで）、おふろに入《はい》り、髪《かみ》をかわかしたけど、めちゃくちゃ時間《じかん》がかかって大変《たいへん》だった……。しかも痛《いた》いし。

結局塾《けっきょくじゅく》には行《い》けなかったから、あすかちゃんが心配《しんぱい》してくれて、メッセージをくれてたけど。

左手《ひだりて》で文字《もじ》を打《う》つのがむずかしくて、「明日話《あしたはな》そう」と思《おも》って返信《へんしん》しなかった。

時間《じかん》をかければ返信《へんしん》できるんだろうけど、もう、へとへとだったんだよね……。

そして、翌朝《よくあさ》。

びしゃびしゃびしゃになりながら顔《かお》を洗《あら》い、着替《きが》え、左手《ひだりて》ではみがきをし、朝食《ちょうしょく》はパンだけですませて、なんとかしたくをした。髪《かみ》は、妹《いもうと》の美奈《みな》がヘアアイロンを当《あ》ててくれた（自分《じぶん》でやるよりきれいにできてるんだけど……？）。

手首《てくび》はまだ痛《いた》い。昨日《きのう》ほどじゃないけど。

ノートもとれないな、って思《おも》ったら、悲《かな》しい。

玄関《げんかん》でくつをはいていると、ピンポーン、とチャイムが鳴《な》った。

こんな朝早《あさはや》くに、誰《だれ》？　美奈《みな》の友《とも》だちが呼《よ》びに来《き》たとか？

ドアをあけると、

「おはよ、森下《もりした》さん」

「えっ」

は、蓮見《はすみ》くん!?

「ど、どうしたの？」

「うちの母《かあ》さんから、森下《もりした》さんが手《て》をケガしたって聞《き》いて。大変《たいへん》だろうから迎《むか》えに来《き》た」

「え？　えっ？」

わけもわからず立《た》ち上《あ》がると、蓮見《はすみ》くんは玄関《げんかん》に入《はい》ってきて、わたしの左手《ひだりて》からスクールバッグとジャージの入《はい》ってるサブバッグをうばった。

「おれが持《も》つ」

「で、でも。蓮見《はすみ》くんも自分《じぶん》の荷物《にもつ》が」

「いいから」

蓮見《はすみ》くんは、わたしの荷物《にもつ》を持《も》って歩《ある》き出《だ》した。

「ごめんね蓮見《はすみ》くん。うちのお母《かあ》さんが蓮見《はすみ》くんのお母《かあ》さんに言《い》っちゃったんだね」

いくら親友《しんゆう》とはいえ、なんですぐさま話《はな》しちゃうかなあ!?

「謝《あやま》らなくていい。困《こま》った時《とき》はおたがい様《さま》だろ？」

蓮見《はすみ》くんは小《ちい》さくほほえんだ。

とくん、と心臓《しんぞう》が鳴《な》る。

「いつ、ギプス取《と》れるの？」

「わ、わかんない。回復《かいふく》が早《はや》ければすぐ取《と》っていいみたいだけど……」

どきどきして、蓮見《はすみ》くんの顔《かお》を見《み》れないよ！

「お医者《いしゃ》さんが言《い》うには、だいたい1週間《しゅうかん》ぐらいかな、って」

「そうか。じゃ、良《よ》くなるまで、毎朝迎《まいあさむか》えに行《い》く」

「えっ」

「帰《かえ》りも荷物持《にもつも》つよ。部活《ぶかつ》はどうするの？」

「いちおう、出《で》るつもり。走《はし》り込《こ》みとか、手《て》を使《つか》わなそうな練習《れんしゅう》だけして、あとは、みんなのマネージメントをしたいって思《おも》ってる」

「わかった。バド部《ぶ》って何時《なんじ》に終《お》わるの？」

「さ、最近《さいきん》は6時《じ》ぐらいだけど……」

帰《かえ》りも荷物《にもつ》持《も》ってくれるってことは、まさか。

「スイーツ部《ぶ》のほうが終《お》わるの早《はや》いから、おれ、クラブハウスの近《ちか》くで待《ま》つよ。いっしょに帰《かえ》ろう」

い、い、いっしょに、帰《かえ》る!?

朝《あさ》も毎日《まいにち》迎《むか》えに来《く》るって！

かあーっと、顔《かお》が熱《あつ》くなった。ま、まるでつきあってるみたい……！

申《もう》し訳《わけ》ない気持《きも》ちと、うれしい気持《きも》ちが、頭《あたま》の中《なか》でカフェオレみたいにまじりあう。

「ありがとう蓮見《はすみ》くん。どうしてそんなにやさしくしてくれるの？」

「それは……」

蓮見《はすみ》くんは、わたしの顔《かお》から、わずかに目《め》をそらした。その耳《みみ》たぶが、少《すこ》しだけ赤《あか》い。

言《い》いよどんだまま、続《つづ》きのことばを、なかなか口《くち》にしようとしない。

沈黙《ちんもく》が続《つづ》いて、わたしの鼓動《こどう》は、ますます速《はや》くなった。

息苦《いきぐる》しくて、胸《むね》の奥《おく》が、熱《ねつ》を持《も》っていて。

ケガしたことは残念《ざんねん》だけど、蓮見《はすみ》くんといっしょにいられて、こんなふうにやさしくしてもらって、わたしは幸《しあわ》せなはずだった。でも。

脳裏《のうり》に、あすかちゃんの笑顔《えがお》が、ちらりとよぎる。

わたしにだけ、大事《だいじ》な気持《きも》ちをうちあけてくれたあすかちゃん。なのに、わたしは本当《ほんとう》の気持《きも》ちをかくして、あすかちゃんの好《す》きな人《ひと》のそばにいる。

胸《むね》が苦《くる》しい……。

「森下《もりした》さん」

「は、はいっ」

いけない。ぼーっとしてた。

「最近《さいきん》、なんかあった？　このごろ、教室《きょうしつ》でも元気《げんき》ないから」

「えっ」

どきっとした。蓮見《はすみ》くん、気《き》づいてたの……？

「べ、べつになにも？」

えへへと笑《わら》ってごまかした。……つもりだった。でも。

「うそばっかり」

蓮見《はすみ》くんはさらりと見《み》ぬいた。

「よかったら、おれに……。話《はな》しなよ。それで少《すこ》しでも、森下《もりした》さんの心《こころ》が軽《かる》くなるなら」

「蓮見《はすみ》くん……」

わたしは、すうっと息《いき》を吸《す》い込《こ》んで、そして、吐《は》いた。

「実《じつ》はね。友《とも》だちに……、ずっと、自分《じぶん》の本音《ほんね》を言《い》えなくて。言《い》いたいって思《おも》ってるのに、できなくて、苦《くる》しいんだ」

「本音《ほんね》を……」

「わたしって、見《み》るからになんでもずばずば言《い》いそうなタイプなのに、意外《いがい》だって思《おも》ってるでしょ」

「そんなことないよ」

蓮見《はすみ》くんはいたって真剣《しんけん》な目《め》をしている。

「森下《もりした》さんはなんでその友《とも》だちに言《い》えないの？　言《い》ったら嫌《きら》われそうだから？　離《はな》れていきそうだから？」

少《すこ》し考《かんが》えて、わたしはゆっくりとかぶりを振《ふ》った。

「わ……かんない」

友《とも》だちと同《おな》じ人《ひと》を好《す》きになるなんて、はじめてなんだもん。わたしも蓮見《はすみ》くんが好《す》きだなんて言《い》ったら、あすかちゃん、ショックだよね。ライバルとは友《とも》だちでいられないって思《おも》うかな？

「ほんとの友《とも》だちなら、離《はな》れてなんかいかないって思《おも》うけどな」

蓮見《はすみ》くんは足《あし》を止《と》めて、わたしの目《め》を見《み》た。

「おれだったら離《はな》れないよ。おれだったら……。友《とも》だちが、言《い》いたいことを言《い》えずにがまんして、ひとりで苦《くる》しんでるほうが嫌《いや》だ」

「あ……」

自分《じぶん》の吐《は》く息《いき》が白《しろ》くふくらむ。

そうだよね。あすかちゃんも、きっと、同《おな》じ人《ひと》を好《す》きだからって、離《はな》れていくような子《こ》じゃないよね。わたし、ほんとはわかってる。でも、言《い》い出《だ》せないのは。

「わたし、……こわいのかも」

あすかちゃんに、正々堂々《せいせいどうどう》、ライバル宣言《せんげん》するのが。

友《とも》だちなのに。本音《ほんね》をかくして、逃《に》げてるんだ。それじゃダメだ。

「ありがとう蓮見《はすみ》くん。わたし、勇気《ゆうき》を出《だ》すね」

「応援《おうえん》する」

蓮見《はすみ》くんは、にっと笑《わら》った。

12. やっぱりだれにもゆずれない

教室《きょうしつ》に入《はい》ると、ひかるたち同盟《どうめい》メンバーが「おはよー」と駆《か》け寄《よ》ってきた。

「えっ。真帆《まほ》、手《て》、どうしたの!?」

「練習中《れんしゅうちゅう》にやっちゃいまして」

へへっと苦笑《にがわら》いする。千絵《ちえ》の言《い》う通《とお》り、わたし、集中《しゅうちゅう》できてなかったんだろうな。反省《はんせい》だよ。

蓮見《はすみ》くんが、わたしの席《せき》に、持《も》ってくれていた荷物《にもつ》をおいた。

「ありがとう蓮見《はすみ》くん」

「ん」

「ちょっと真帆《まほ》。蓮見《はすみ》、あんたの荷物《にもつ》持《も》ってくれてたの？」

桃花《ももか》がわたしに顔《かお》をよせて、こっそり聞《き》いた。

「う、うん。うちまで迎《むか》えにきてくれて」

「ほーっ……。マジか……」

「ねえねえ真帆《まほ》ちゃん、その手《て》じゃ給食《きゅうしょく》食《た》べるの大変《たいへん》でしょ？　あたしがあーんしてあげるよ」

と、アキ。

「あ、ありがと。でもだいじょうぶ。スプーンだったら左手《ひだりて》でなんとかいけるから」

「えー」

「なんでアキが残念《ざんねん》がってんのよ」

桃花《ももか》がつっこむ。

「おいおい、骨折《こっせつ》か!?」

と、桐原《きりはら》が血相《けっそう》を変《か》えてやってきた。

「骨《ほね》は折《お》れてないよ。ねんざ」

「そっか、ならよかった。って、ぜんぜんよくねーな！　不便《ふべん》だろ、利《き》き手《て》だし」

「おれもいろいろ手伝《てつだ》うから、気楽《きらく》になんでも言《い》ってよ」

と、宇佐木《うさぎ》も言《い》ってくれた。

わたしってば、いい友《とも》だちがたくさんいて、幸《しあわ》せものだなあ。

休《やす》み時間《じかん》も、みんながいろいろ気《き》づかってくれて、ありがたかった。

そして、昼休《ひるやす》み。

「真帆《まほ》ちゃん」

あすかちゃんがうちの教室《きょうしつ》にやってきた。ふたりで廊下《ろうか》に出《で》る。

「千絵《ちえ》ちゃんに聞《き》いたよ。部活中《ぶかつちゅう》にケガしたんだってね」

「ごめんね、ゆうべ、メッセージもらってたのに返信《へんしん》できなくて。左手《ひだりて》だと文字《もじ》打ちづらくて」

心配《しんぱい》したよね、きっと。

「いいよ。痛《いた》かったでしょ？　大変《たいへん》だったね。塾《じゅく》のノート、あとで見《み》せてあげるね」

「ありがとう〜！」

「ところで」

声《こえ》をひそめるあすかちゃん。

「怜《れい》くんとは、今朝《けさ》も、『たまたま』いっしょになったの？」

み、見《み》てたの？　それとも誰《だれ》かに聞《き》いた？

「えっ……と。今日《きょう》、は」

心臓《しんぞう》がどくどくと脈打《みゃくう》つ。今《いま》だ。今《いま》、あすかちゃんに言《い》うんだ。

わたしも蓮見《はすみ》くんが好《す》きだって。だから、あすかちゃんの恋《こい》に協力《きょうりょく》できない、ごめんね、って。

目《め》をとじて、すうっと息《いき》を吸《す》い込《こ》む。

「あすかちゃん。実《じつ》はね、わたし」

あすかちゃんの目《め》を、まっすぐに見《み》つめる。

「実《じつ》は……」

「おーい、横峯《よこみね》」

わたしの声《こえ》にかぶさるように、べつの声《こえ》があすかちゃんを呼《よ》んだ。社会《しゃかい》の先生《せんせい》だ。

「はい」

「横峯《よこみね》、社会科《しゃかいか》の係《かかり》だったろ？　ちょっと今《いま》から用事《ようじ》頼《たの》まれてくれないか」

「あ、はい」

あすかちゃんはわたしに両手《りょうて》を合《あ》わせて「ごめんね」のジェスチャーをした。

「いってらっしゃい……」

力《ちから》なく、手《て》を振《ふ》る。ああ……。言《い》えなかった……。


結局《けっきょく》その日《ひ》はタイミングが合《あ》わなくて、あすかちゃんとふたりで話《はな》す時間《じかん》はとれなかった。

「しょうがない。明日《あした》話《はな》そう」

今日《きょう》の夜《よる》は、わたしは休《やす》みだけど、あすかちゃんは塾《じゅく》があったはず。明日《あした》時間《じかん》を作《つく》ろう。

そう決《き》めて、部活《ぶかつ》へ。部員《ぶいん》たちみんな、きっとわたしのケガのことを心配《しんぱい》してくれてるから、ちゃんと報告《ほうこく》しなきゃ。練習《れんしゅう》はほとんどできないだろうけど、試合《しあい》をひかえたみんなの力《ちから》になろう。

いつもより気合《きあ》いを入《い》れて声出《こえだ》しして、試合形式《しあいけいしき》の練習《れんしゅう》では、スコアをつけたり、休憩中《きゅうけいちゅう》みんなにタオルを渡《わた》したり、マネージャー（うちの部《ぶ》にはマネージャーがそもそもいないんだ）みたいなことをした。

部活《ぶかつ》が終《お》わり、着替《きが》えてクラブハウスを出《で》ると。

「あ。……蓮見《はすみ》くん」

クラブハウスの裏《うら》の、大《おお》きなクスの木《き》に、蓮見《はすみ》くんがもたれかかっていた。わたしに気《き》づくと、小《ちい》さく片手《かたて》をあげてほほえんだ。

「ほんとに待《ま》っててくれたんだ」

「言《い》ったじゃん」

貸《か》して、と言《い》って、蓮見《はすみ》くんはわたしの荷物《にもつ》を持《も》った。

「悪《わる》いよ」

小《ちい》さくちぢこまるわたしに、蓮見《はすみ》くんは「バカだな」とつぶやいた。

「こういう時《とき》は素直《すなお》に甘《あま》えなよ。あとでお返《かえ》しはしてもらうから」

「え？　なにがいい？」

「冗談《じょうだん》だよ。じゃ、おれが具合悪《ぐあいわる》い時《とき》、看病《かんびょう》しに来《き》てよ」

「わかった」

こくこくと、うなずく。

看病《かんびょう》しに来《き》て、か。それも冗談《じょうだん》だってわかってるけど、つい、心《こころ》がはずんじゃう。喜《よろこ》んじゃダメだってわかってるのに……。

2月《がつ》の、夕方《ゆうがた》6時《じ》の空《そら》はもう暗《くら》くて、空気《くうき》も刺《さ》すように冷《つめ》たいのに、蓮見《はすみ》くんのとなりだとあったかい。ふしぎだな。

わたし、蓮見《はすみ》くんが好《す》き。やっぱり誰《だれ》にもゆずれない。

ちゃんとあすかちゃんにライバル宣言《せんげん》する。明日《あした》こそ、明日《あした》こそ。

そう決意《けつい》したのに、事態《じたい》は、うらはらな方向《ほうこう》へ進《すす》んでいったんだ……。

翌朝《よくあさ》。約束通《やくそくどお》り蓮見《はすみ》くんはうちまで迎《むか》えにきてくれて、いっしょに学校《がっこう》へ行《い》った。

教室《きょうしつ》に入《はい》ると、とたんに、沢渡《さわたり》さんたちにかこまれた。

「ちょっと森下《もりした》さん！　ゆーっくり話聞《はなしき》かせてもらいたいんだけど、いい!?」

こわっ！

沢渡《さわたり》さんに腕《うで》をひかれ、廊下《ろうか》の突《つ》き当《あ》たりまで歩《ある》く。すると、どこからか、知《し》らない女子《じょし》たちがわらわら出《で》てきて、わたしはぐるっとかこまれるかたちになった。

沢渡《さわたり》さんに絡《から》まれるのは慣《な》れてるから、まあいいとして。

「みなさんは、あの、どういった方々《かたがた》で？」

「蓮見怜《はすみれい》ファンに決《き》まってるでしょ」

と、沢渡《さわたり》さん。

「ファンクラブってわけじゃないけど、まあ、似《に》たようなものよ。同《おな》じ人《ひと》を推《お》す者同士《ものどうし》って感《かん》じ」

「はあ……」

ひょっとして、この前《まえ》あすかちゃんをかこんでいた人《ひと》たちも、この中《なか》にいる？

「単刀直入《たんとうちょくにゅう》に聞《き》くけど、森下《もりした》さん、蓮見《はすみ》くんとつきあってる？」

「ま、まさか！」

「でも、昨日《きのう》も今日《きょう》もいっしょに登校《とうこう》してたじゃん」

「たまたまだよ。ほら、家《いえ》が近《ちか》くだから。ときどき、いっしょのタイミングになるんだよね」

「ふうーん。じゃ、帰《かえ》りも？」

「えっ」

「あのね、めっちゃうわさになってるよ。蓮見《はすみ》くん、わざわざ、運動部《うんどうぶ》のクラブハウスの近《ちか》くで森下《もりした》さんのこと待《ま》ってたって」

「うっ……」

それは、ケガしたから荷物《にもつ》を持《も》ってくれたっていう、蓮見《はすみ》くんの純粋《じゅんすい》な親切心《しんせつしん》であって、つ、つきあってるとか、そういうことでは断《だん》じてない！

でも、この人《ひと》たちにそれを言《い》って、信《しん》じる……？

すると、その時《とき》。

「真帆《まほ》ちゃん！　小松先生《こまつせんせい》が呼《よ》んでるよ！」

廊下《ろうか》の向《む》こうから、声《こえ》がした。助《たす》かった！

「呼《よ》ばれてるんで、失礼《しつれい》しまーす」

そそくさと蓮見《はすみ》くんファンの子《こ》たちの輪《わ》をぬけ出《だ》す。

声《こえ》の主《ぬし》は、あすかちゃんだった。

「小松先生《こまつせんせい》は……？」

あすかちゃんは、首《くび》を横《よこ》に振《ふ》った。

「もしかして、わたしを助《たす》けるために？　ありがとう」

「いいよ。この間《あいだ》のお返《かえ》し。ほんと、先生《せんせい》ってワード、便利《べんり》だね」

「だね」

わたしはにっと笑《わら》った。けど……あすかちゃんは笑《わら》わない。

「あすか……ちゃん？」

あすかちゃんの顔《かお》を、そっとのぞきこむ。白《しろ》い肌《はだ》は、ますます透《す》き通《とお》るようで、むしろ、わずかに青《あお》ざめているように見《み》える。

「わたし、真帆《まほ》ちゃんのこと、信《しん》じててもいいの？」

かぼそい声《こえ》で、あすかちゃんはたずねた。

「えっ」

「真帆《まほ》ちゃん、誰《だれ》とも恋《こい》しないって言《い》ってたよね？」

「言《い》ってた、けど……」

胸《むね》がざわざわする。

「わたしの気持《きも》ち、知《し》ってるのに。なのに、怜《れい》くんとはつきあうの？」

「つきあってないよ。信《しん》じて。つきあってなんかない」

沢渡《さわたり》さん、わたしと蓮見《はすみ》くんがうわさになってるって言《い》ってた。あすかちゃんはそれを耳《みみ》にしてしまったんだ。

「つきあってないとしても、だよ」

あすかちゃんはわたしの目《め》を、するどく見据《みす》えた。

「わたしだったらできないよ？　友《とも》だちの好《す》きな人《ひと》と、ふたりでいっしょに登下校《とうげこう》とか」

どくん、と心臓《しんぞう》が大《おお》きな音《おと》をたてた。

杭《くい》を打《う》たれたみたいに、胸《むね》がずきずきと痛《いた》む。

「ごめん、あすかちゃん。ごめん。わたし」

言《い》わなきゃ。今《いま》、このタイミングで。ちゃんと、自分《じぶん》の気持《きも》ちを。

——おれだったら離《はな》れないよ。

蓮見《はすみ》くんにもらったことばが、耳《みみ》の奥《おく》でひびく。うん、そうだよね。きっとだいじょうぶ。

「実《じつ》は、わたしも」

口《くち》の中《なか》がからからにかわく。でも。わたしは、あすかちゃんの目《め》を見《み》て、声《こえ》をしぼり出《だ》した。

「わたしも、蓮見《はすみ》くんが好《す》き」

13. 蓮見《はすみ》くんの「本命《ほんめい》」

「ごめん。もっと早《はや》く……、あすかちゃんの気持《きも》ちを聞《き》いた時《とき》に言《い》うべきだった。でも、言《い》えなくて。今《いま》までだまってて、ごめんなさい」

わたしは頭《あたま》をさげた。

「……真帆《まほ》ちゃん。顔《かお》、あげて。謝《あやま》らなくていいから……」

ゆっくりと顔《かお》をあげると、あすかちゃんが、戸惑《とまど》った顔《かお》をして、わたしの目《め》を見《み》つめている。

「真帆《まほ》ちゃんも怜《れい》くんのことが好《す》きって……ほんと、に？」

こくりと、うなずく。

「じゃあ、絶対好《ぜったいす》きにならない同盟《どうめい》っていうのは？」

「本当《ほんとう》に組《く》んでる。同盟作《どうめいつく》った時《とき》は、ほんとに、誰《だれ》のことも好《す》きにならないつもりだった。むかし、傷《きず》ついたことがあって、恋《こい》なんてこりごりだって思《おも》ってたんだ。でも」

あすかちゃんの目《め》を見《み》つめ返《かえ》す。あすかちゃんのきれいな瞳《ひとみ》が、揺《ゆ》れてる。

わたしは、すうっと息《いき》を吸《す》い込《こ》んだ。

「でも。蓮見《はすみ》くんに出会《であ》って、わたし、変《か》わったの。好《す》きになっちゃったの。どうしようもないんだ。気持《きも》ちは止《と》まらない」

やっと言《い》えた。

胸《むね》のつかえがおりて、呼吸《こきゅう》が楽《らく》になった。あすかちゃんとはライバルになっちゃうけど、どうしてもゆずれない。

「ごめんね。だから、協力《きょうりょく》はできない」

「……そっか」

あすかちゃんは、ふうっと息《いき》をついた。

「唯一恋《ゆいいっこい》バナできる友《とも》だちが、ライバルだなんてね」

さびしげに、ほほえんだのは一瞬《いっしゅん》で。

すぐにあすかちゃんは、きりっと、まゆをあげた。

「わたし、負《ま》けないよ」

きっぱりと宣言《せんげん》して、わたしに片手《かたて》を差《さ》し出《だ》した。

「バレンタイン、怜《れい》くんに告白《こくはく》する」

差《さ》し出《だ》された手《て》を、にぎりかえす。

「わたしも負《ま》けない。バレンタイン、告白《こくはく》したい。前《まえ》から、決《き》めてた」

ぎゅっと、握手《あくしゅ》をかわす。

にっと、あすかちゃんは口角《こうかく》をあげた。

「バレンタイン、どっちが勝《か》ってもうらみっこなしだからね」

「うん。あすかちゃん」

「なに？」

「これからも、わたしと、友《とも》だちでいてくれる？」

一瞬《いっしゅん》、あすかちゃんは目《め》を見開《みひら》いて、そして。

「真帆《まほ》ちゃんさえ良《よ》ければ。わたし、ずっと、真帆《まほ》ちゃんと友《とも》だちでいたい」

はにかんだように、ほほえんだ。

ふっ、と、全身《ぜんしん》のこわばりが解《と》ける。わたし、緊張《きんちょう》してたんだ……。

「あのね、真帆《まほ》ちゃん」

「ん？」

「スイーツ部《ぶ》の子《こ》が言《い》ってたんだけど。怜《れい》くんって、本命《ほんめい》のチョコしか受《う》け取《と》らないつもり、らしいよ」

ひそやかに、あすかちゃんはつげる。

え、と、かすれた声《こえ》が漏《も》れ出《で》た。

本命《ほんめい》チョコしか受《う》け取《と》らない？　ってことは、蓮見《はすみ》くんには、「本命《ほんめい》」がいるってこと!?

「それって」

聞《き》き返《かえ》そうとしたわたしの声《こえ》は、チャイムの音《おと》でかき消《け》された。

「いけない！　授業《じゅぎょう》はじまっちゃう」

「う、うん」

わたしたちは、早足《はやあし》で教室《きょうしつ》にもどった……。


あすかちゃんに、ようやく本当《ほんとう》の気持《きも》ちを言《い》えた。ライバルだけど、これからも友《とも》だちでいられる。少《すく》なくとも、今《いま》はふたりとも、そのつもりでいる。

重《おも》い重《おも》い荷物《にもつ》をおろして、わたしは今《いま》、とってもすがすがしい気分《きぶん》。……だった、はずなのに。

蓮見《はすみ》くんの「本命《ほんめい》」って、なに!?　どういうこと!?

あの「女子《じょし》ぎらい」の蓮見《はすみ》くんに!?

……ありえない。

1時間目《じかんめ》が終《お》わり、休《やす》み時間《じかん》になると、わたしは宇佐木《うさぎ》の席《せき》に直行《ちょっこう》した。

「やっほー森下《もりした》。どしたの？　ようやくおれにもお手伝《てつだ》いの出番《でばん》が来《き》た？」

宇佐木《うさぎ》の目《め》、きらきらしてる。ケガしたわたしのサポートがしたいって、本心《ほんしん》で思《おも》ってくれてるんだ。めっちゃいい奴《やつ》。親友《しんゆう》のひかるの彼氏《かれし》が宇佐木《うさぎ》で、本当《ほんとう》によかった。

……って、それはいったん、おいといて。

「ありがとう宇佐木《うさぎ》。気持《きも》ちだけ受《う》け取《と》っておくよ。それよりちょっと、聞《き》きたいことがあって」

宇佐木《うさぎ》を連《つ》れて、廊下《ろうか》に出《で》る。

「どしたの？　あらたまって」

「実《じつ》は……。蓮見《はすみ》くんが、バレンタインのチョコ、本命《ほんめい》からしか受《う》け取《と》らないって話《はなし》を、ちょいと耳《みみ》にしちゃって」

ほんとなの？　と声《こえ》をひそめると、宇佐木《うさぎ》は、

「そうらしいね」

とうなずいた。

「蓮見《はすみ》くん本人《ほんにん》が言《い》ってたの？」

「うん。っていうか、桐原《きりはら》が言《い》わせたんだよね」

「？」

宇佐木《うさぎ》は、ぴっとまゆをあげて、低《ひく》い声色《こわいろ》をつくった。

「おまえのことだから、バレンタインチョコ、どんなにたくさんもらっても、全部《ぜんぶ》突《つ》き返《かえ》しそうだな。いいか、それじゃダメだぞ？　たったひとつ、本命《ほんめい》からのチョコだけは、ありがたく受《う》け取《と》るんだぞ？」

さすが演劇部《えんげきぶ》の宇佐木《うさぎ》、桐原《きりはら》のものまねもうまい。声《こえ》も口調《くちょう》もそっくり……って、感心《かんしん》してる場合《ばあい》じゃない！

「それで、蓮見《はすみ》くんはうなずいたの？」

「うん。ひとこと、『わかった』って言《い》ってた。桐原《きりはら》の声《こえ》がデカいからさ、まわりにいた人《ひと》に丸《まる》聞《ぎ》こえだったと思《おも》うよ。それで、うわさみたいに広《ひろ》まっちゃってるんじゃない？」

「そうなんだ……。ありがと」

「森下《もりした》もがんばりなよ！　絶対《ぜったい》、はすみんのこと振《ふ》り向《む》かせるんだよ！」

宇佐木《うさぎ》は両《りょう》の手《て》をグーににぎって、ガッツポーズをつくった。

「ありがと宇佐木《うさぎ》。わたし、がんば……って、あれ？」

宇佐木《うさぎ》、なんでわたしの気持《きも》ち知《し》ってるの？　ひかるがわたしに黙《だま》って言《い》うわけないし……。

はっ！　もしかしてわたしの態度《たいど》でバレてた!?

宇佐木《うさぎ》は、にんまりと笑《わら》った。


それにしても……。

「わかった」って、うなずいたんだ、蓮見《はすみ》くん。桐原《きりはら》のことばに。

本命《ほんめい》がいなかったら、反論《はんろん》するよね。「いや、いねーし」って。それとも桐原《きりはら》の圧《あつ》が強《つよ》すぎて、うっかりうなずいちゃったとか？

わかんない。わかんないけど、わたしはがんばるしかない。バレンタインまであと5日《か》だ！

そっと包帯《ほうたい》を巻《ま》いた右手首《みぎてくび》をさする。左手《ひだりて》だけでかんたんにできるレシピ、ないかな。

あすかちゃんは、絶対手作《ぜったいてづく》りだよね。「今度《こんど》こそ、怜《れい》くんより立派《りっぱ》なチョコ、作《つく》りたい」って言《い》ってたし。前《まえ》、「追《お》いつきたい人《ひと》がいる」って言《い》ってたの、きっと蓮見《はすみ》くんのことだ。

5年生《ねんせい》の時《とき》のバレンタインの、やり直《なお》しがしたいのかもしれないな。

でも。わたしだって、下手《へた》なりに一生懸命作《いっしょうけんめいつく》りたい。

だってわたし、考《かんが》えてみたら、蓮見《はすみ》くんの手作《てづく》りスイーツ、どれだけごちそうになってきただろう？

いつもいつも受《う》け取《と》ってばかりで、ぜんぜん返《かえ》せてない。

昼休《ひるやす》み、図書室《としょしつ》でお菓子《かし》のレシピ本《ぼん》を借《か》り、家《いえ》に帰《かえ》るとスマホで検索《けんさく》。

よさげな動画《どうが》はかたっぱしからブックマーク。短《みじか》い動画《どうが》で見《み》るとかんたんそうに見《み》えるけど……、実際《じっさい》はどうだろう。

「とりあえず、できるかどうか、やってみよう！」

というわけで、わたしはさっそく試作《しさく》にとりかかった。

その日《ひ》も、その次《つぎ》の日《ひ》も、帰宅《きたく》してごはんをすませたあと、ブクマした「よさげな動画《どうが》」のレシピで作《つく》ってみた。……けど、うまくいかない。

ぜんぶ左手《ひだりて》で作業《さぎょう》すると、混《ま》ぜる、こねる、成形《せいけい》する、みたいな工程《こうてい》が、どうしてもはんぱになっちゃうんだ。

おまけにキッチンは粉《こな》だらけになるし。後片付《あとかたづ》けは、お父《とう》さんが手伝《てつだ》ってくれたけど……。

結局《けっきょく》、ぜんぜんレシピが決《き》まらないまま、12日《にち》になってしまった。

今日《きょう》は金曜日《きんようび》。明日《あした》の土曜日《どようび》、13日《にち》、同盟《どうめい》メンバーで集《あつ》まって友《とも》チョコ交換会《こうかんかい》をする予定《よてい》。

決戦《けっせん》の日《ひ》は、日曜日《にちようび》だ。

休《やす》み時間《じかん》、自分《じぶん》の席《せき》でぼんやりしてると、

「真帆《まほ》、どうしたの？　元気《げんき》ないね〜」

ひかるがわたしの肩《かた》をたたいた。

「実《じつ》はね……。バレンタインのスイーツがぜんぜん上手《じょうず》に作《つく》れなくて」

みんなへの友《とも》チョコだって、できれば手作《てづく》りしたいなって思《おも》ってたのに。

「しょうがないよ、だって、利《き》き手《て》をケガしてるんだもん」

「でも」

「じゃあ、わたしたちが手伝《てつだ》うのは、どう？　明日《あした》の友《とも》チョコ交換会《こうかんかい》、うちでやるでしょ？　家《か》族《ぞく》は出《で》かけててキッチン自由《じゆう》に使《つか》えるから、みんなでいっしょに作《つく》ろうよ」

ね？　と、ひかるはほほえむ。

「わたしたちが、真帆《まほ》の右手《みぎて》になるよ」

14. 友《とも》チョコ交換《こうかん》パーティ！

そして、13日《にち》の午後《ごご》。

わたしたち同盟《どうめい》メンバーは、ひかるの家《いえ》に集《あつ》まった。

「じゃーんっ！」

桃花《ももか》が差《さ》し出《だ》したのは、大《おお》きな箱《はこ》。上《うえ》の面《めん》に、丸《まる》い穴《あな》があけてある。

「これは？」

「チョコに決《き》まってるじゃん。中《なか》にたくさん個包装《こほうそう》のチョコが入《はい》ってるから、順番《じゅんばん》につかみ取《ど》りしてね～」

「つかみ取《ど》り！　お祭《まつ》りみたい！」

アキが目《め》をかがやかせた。

「あたしは、これ。チョコクッキーだよっ」

どーぞ、と、アキは、動物《どうぶつ》のかたちのクッキーが詰《つ》まった袋《ふくろ》を、ひとりひとりにくばった。

「作《つく》ったの？」

「うん！　だからちょっと固《かた》いけど」

「ほんとだ」

と、桃花《ももか》。さっそくかじってる！

「でも、おいしいよ」

「よかった」

「わたしも作《つく》ったの。チョコを溶《と》かして固《かた》めただけだけど……」

はにかみながらひかるがわたしてくれたのは、ロリポップキャンディーのかたちをしたチョコレート。

「かわいい～！」

「宇佐木《うさぎ》にも、あげるの？」

と聞《き》くと、ひかるはほおを赤《あか》く染《そ》めて、

「実《じつ》は……」

と、リビングのすみっこからかごを持《も》ってきた。中《なか》にあるのは、

「わあっ！　すごい！　これ、編《あ》んでるの？」

編《あ》みかけの、黒《くろ》いニット帽《ぼう》。

「侑太《ゆうた》くんって、意外《いがい》と、私服《しふく》ではモノトーンコーデが多《おお》いから、黒《くろ》が合《あ》うんじゃないかなって
……。前《まえ》、マフラーもらったし、お返《かえ》しもかねて」

うつむいて、早口《はやくち》で説明《せつめい》するひかる。ひかるってば、すっごく照《て》れてる。

「上手《じょうず》だね～。さすが、ひかるちゃん」

アキが言《い》うと、ひかるは、

「ぜ、ぜんぜん！　はじめてだから編《あ》み目《め》もゆがんでるしっ」

とあわてた。いや、ぜんぜんゆがんでなんてないって。

ひかるって、演劇《えんげき》の小道具《こどうぐ》も作《つく》るし、ビーズでアクセサリーも作《つく》れるし、すごく器用《きよう》なんだよ。

「桃花《ももか》は、先輩《せんぱい》になにあげるの？　まさか『つかみ取《ど》り』？」

「ま、まさかっ！　い、いちおう、チョコは買《か》ってあるけど」

「わたすんだ～」

「い、いいでしょべつにっ。晴斗《はると》、甘《あま》いもの好《す》きだからあげるだけだしっ」

いつの間《ま》にか、「先輩《せんぱい》」から「晴斗《はると》」呼《よ》びになってる。くう～、うらやましいっ！

「えっと。わたしは……ですね。これっ」

ポテトチップスのチョコ掛《が》け！

「新感覚《しんかんかく》～」

と、アキ。

「甘《あま》じょっぱい。ずっと食《た》べてられる」

と、桃花《ももか》。

しばらく、みんなでおやつタイムを楽《たの》しんだあと。

「それじゃ、はじめますか！」

と、ひかるが立《た》ち上《あ》がった。

「真帆《まほ》の『本命《ほんめい》チョコスイーツ』作《づく》り！」

いえーい、と、桃花《ももか》とアキも片手《かたて》をあげる。

「みんな、ありがとう！」


いままでの試作《しさく》をふまえて、わたしが選《えら》んだのは、シンプルなチョコレート味《あじ》のマフィン。

材料《ざいりょう》はわたしが持《も》ってきた。家《いえ》で分量《ぶんりょう》をはかってきたんだ。

レシピは、ネットで探《さが》したもの。プリントアウトしてきた。

「ふーむ。つまり、材料《ざいりょう》を混《ま》ぜて焼《や》けばいいわけね」

レシピを見《み》ながら、桃花《ももか》が言《い》う。

「だいたいのお菓子《かし》ってそうじゃない？　混《ま》ぜて焼《や》く」

と、アキ。

「焼《や》かないのもあるよ？　ゼリーとか」

ひかるがまじめにこたえる。

「そういうことを言《い》ってるんじゃなくってぇ〜。とにかく混《ま》ぜようよっ。最初《さいしょ》はバターだよね」

やわらかくしたバターをボウルに入《い》れてすり混《ま》ぜる。これ、左手《ひだりて》でやるの、大変《たいへん》なんだよね。ボウルを支《ささ》えることもできないし。

「クッキー作《づく》りでやったから、あたし、コツわかるよ」

と、アキがやってくれた。

「えーっと。次《つぎ》は牛乳《ぎゅうにゅう》と砂糖《さとう》、その次《つぎ》、溶《と》き卵《たまご》。最後《さいご》に小麦粉《こむぎこ》とベーキングパウダーとココアパウダー。粉類《こなるい》はあらかじめ、合《あ》わせてふるうこと」

桃花《ももか》がレシピを読《よ》みあげる。

「じゃ、わたし、オーブンを予熱《よねつ》するね」

と、ひかる。

「生地《きじ》、できたよっ」

と、アキ。すごい、あっという間《ま》だ。

市販《しはん》の紙製《かみせい》のマフィンカップを天板《てんばん》に並《なら》べ、桃花《ももか》が生地《きじ》を流《なが》し込《こ》む。この作業《さぎょう》も、ひとりだとこぼしちゃって大変《たいへん》だった。

「真帆《まほ》ちゃん、デコりなよ」

アキにうながされ、わたしは、チョコスプレーやナッツ、アラザンを、慎重《しんちょう》に生地《きじ》にトッピングした。

オーブンがピーッと鳴《な》る。予熱《よねつ》が完了《かんりょう》したんだ。

「では、投入《とうにゅう》！」

天板《てんばん》をオーブンに入《い》れ、しばし待《ま》つ。このレシピでは約《やく》20分《ぷん》、焦《こ》げないようにときどきようすを見《み》ながら、そして、後片付《あとかたづ》けもしながら、焼《や》き上《あ》がりを待《ま》つ。

そして、ふたたびオーブンが鳴《な》った。

「おいしそう〜！　成功《せいこう》じゃない？」

と、桃花《ももか》。ひかるが竹串《たけぐし》をマフィンに慎重《しんちょう》に刺《さ》す。串《くし》に生地《きじ》がついてこなかったら、きちんと

中《なか》まで焼《や》けてるってことなんだ。

「ばっちり！　焼《や》けてる！」

わあっと、歓声《かんせい》があがった！

色《いろ》やかたちがきれいなものを、ふたつプレゼント用《よう》に取《と》り分《わ》けて、残《のこ》りはみんなで試食会《ししょくかい》！

「焼《や》きたてやばっ。うまうま」

「甘《あま》さがちょうどいいよね」

「家《いえ》でも作《つく》ろうかな〜」

3人《にん》とも、笑顔《えがお》だ。わたしも一口《ひとくち》、食《た》べてみた。

「んっ！　おいしい！」

バターの風味《ふうみ》とココアのほろ苦《にが》さがちょうどいい感《かん》じでまじりあってて、軽《かる》くてふわっとした口当《くちあ》たり。これは……かなり上出来《じょうでき》なのでは？

「明日《あした》のバレンタイン、健闘《けんとう》を祈《いの》ってるよ」

桃花《ももか》がわたしに、ぐっ、と親指《おやゆび》をつきたてた。

15. やっぱり自分《じぶん》だけの力《ちから》で。

大事《だいじ》に持《も》ち帰《かえ》ったマフィンを、家《いえ》で、ていねいにラッピングする。

凝《こ》ったことはできないから、シンプルなラッピングだけど、いいよね？

「明日《あした》、蓮見《はすみ》くん、家《いえ》にいるかな……？」

日曜日《にちようび》だし、家族《かぞく》でお出《で》かけとか、友《とも》だちと遊《あそ》びに行《い》くとか、予定入《よていはい》ってるかも。

「き、聞《き》いてみよう」

メッセージアプリをひらく。えっと、明日渡《あしたわた》したいものがあるから、家《いえ》にいる時間《じかん》を教《おし》えて？

とか、そんな感《かん》じで聞《き》けばいいかな？

うー、どうしよう。どきどきして、指《ゆび》がふるえる。ただでさえ慣《な》れない左手《ひだりて》なのに、じ、時間《じかん》がかかるっ！

そもそも、14日《か》に「渡《わた》したいもの」って、チョコだってバレバレじゃん！

し、しかもわたし、告白《こくはく》……！　する、つもり、だし！

いったん落《お》ち着《つ》こう。深呼吸《しんこきゅう》して、鼓動《こどう》をしずめていると、手《て》の中《なか》のスマホがふるえた。

「わわっ」

び、びっくり！

あすかちゃんからだ。

――勝負《しょうぶ》チョコ、できたよ！

って。続《つづ》けて、画像《がぞう》が送《おく》られてくる。

「わあっ……。すごい」

ハート形《がた》のガトーショコラ。つややかなガナッシュ（とかしたチョコと生《なま》クリームをまぜたもの。勉強《べんきょう》したんだ）に、メッセージ入《い》りのカード形《がた》のクッキーでデコられている。

――これ、あげるの？

おそるおそる、そう聞《き》くと、「もちろん！」のスタンプが返《かえ》ってくる。そして、

――何度《なんど》も失敗《しっぱい》したけど、ついに、満足《まんぞく》のいくガトーショコラが焼《や》けたの。怜《れい》くん、喜《よろこ》んでくれるといいな。

と、続《つづ》いた。

ガトーショコラは、５年生《ねんせい》の時《とき》に、蓮見《はすみ》くんがあすかちゃんのために焼《や》いたお菓子《かし》。

やっぱりあすかちゃんは、あの時《とき》のバレンタインの「やり直《なお》し」がしたいんだ。追《お》いつきたい人《ひと》がいる、って言《い》ってた。離《はな》れている間《あいだ》も、あすかちゃんはお菓子《かし》作《づく》りの腕《うで》をみがいていた。

……何度《なんど》も失敗《しっぱい》して、自分《じぶん》の力《ちから》だけで作《つく》りあげたんだ……。

そっとアプリをとじる。

わたしの、マフィン。みんなのやさしさのおかげで、最高《さいこう》においしいものができたと思《おも》う。

でも。

わたしがかかわった工程《こうてい》は、トッピングだけ。ほとんど、みんなが作《つく》ってくれたようなものだ。

いくらケガしてるとはいえ、それでいいのかな。

あすかちゃんと正々堂々勝負《せいせいどうどうしょうぶ》してるって、言《い》えるのかな。

マフィンの材料《ざいりょう》は、まだある。

わたしは立《た》ち上《あ》がった。

今《いま》から、作《つく》る。自分《じぶん》だけで、蓮見《はすみ》くんへのスイーツを。

……意気込《いきご》んだはいいものの、その夜《よる》焼《や》きあげたマフィンは、硬《かた》くてまずかった。

14日《か》の朝《あさ》、わたしはスーパーがあく時間《じかん》を待《ま》って、足《た》りない材料《ざいりょう》を買《か》い足《た》した。

だいじょうぶ、まだ時間《じかん》はある。あせらずに、ていねいに作業《さぎょう》しよう。

昨日《きのう》、ひかるの家《いえ》で作《つく》った時《とき》は、あっという間《ま》に生地《きじ》ができたのに、自分《じぶん》ひとりだとやっぱり時間《じかん》がかかる。

「いっそギプス取《と》ろうかな……」

そんな思《おも》いがよぎるけど、お医者《いしゃ》さんに無断《むだん》でそんなことして、悪化《あっか》しちゃったら。最悪《さいあく》、試《し》合《あい》に出《で》られなくなったら。

わたしもくやしいし、いっしょにがんばってきた部員《ぶいん》たちにも申《もう》し訳《わけ》ないよ。

右《みぎ》のわきでボウルをはさんで固定《こてい》し、左手《ひだりて》でバターをすり混《ま》ぜる作業《さぎょう》にも、だいぶ慣《な》れてきた。

……気《き》がする、んだけど。

「な、なんで!?」

また失敗《しっぱい》だよ。外《そと》は焦《こ》げてるのに、中《なか》は生焼《なまや》け。

「温度《おんど》が高《たか》いのかな……?」

ひかるの家《いえ》のオーブンだとうまくいったのに。

レシピを見《み》かえすと、どうやら、同《おな》じ温度《おんど》でも、オーブンの機種《きしゅ》とかで焼《や》き上《あ》がりがちがったりするみたい。

「ええーっ」

なんで自分《じぶん》の家《いえ》のオーブンと相性悪《あいしょうわる》いの!?

もう一度《いちど》、作《つく》り直《なお》し！

そんなことを繰《く》り返《かえ》しているうちに、どんどん、日《ひ》が傾《かたむ》いてきた。まだ、満足《まんぞく》のいくマフィンは出来上《できあ》がらない。

ひとつでいいから。ただひとつでいいから。蓮見《はすみ》くんに「おいしい」って言《い》ってもらえるものを、作《つく》りあげたい。

でも。

「真帆《まほ》。夕《ゆう》ご飯《はん》のしたくするから、いいかげんキッチンあけて」

お母《かあ》さんに言《い》われてしまった。

タイム・オーバーだよ。

どうする？　夕《ゆう》ご飯《はん》のあと、リベンジする？　蓮見《はすみ》くんの家《いえ》、すぐそこだから、渡《わた》そうと思《おも》えば、すぐに渡《わた》しに行《い》くことはできる。

部屋《へや》にもどって、もんもんとしていたら。

スマホがふるえた。
あすかちゃんから。
――チョコ、渡《わた》せた？
まだだよ、と返信《へんしん》。あすかちゃんは？　と聞《き》くと。
――今《いま》、怜《れい》くんの家《いえ》の近《ちか》くまで呼《よ》び出《だ》して、渡《わた》してきたとこ。
と返《かえ》ってくる。
どくん、と、心臓《しんぞう》が大《おお》きくふるえた。渡《わた》してきた、ってことは……。
――受《う》け取《と》ってくれたの？
たずねるわたしの指《ゆび》が、ふるえている。
しばらく、間《ま》があって。痛《いた》いぐらいに早鐘《はやがね》をうつ心臓《しんぞう》をなだめながら、待《ま》っていると。
――うん。
とだけ、返《かえ》ってきた。
受《う》け取《と》ったんだ。あすかちゃんのガトーショコラ。
ということは、つまり。
蓮見《はすみ》くんの本命《ほんめい》は……。

すうっと大《おお》きく息《いき》を吸《す》って、わたしは、

——よかったね。

とだけ、返信《へんしん》した。

目《め》の前《まえ》が涙《なみだ》でかすんでいく。ごめんね、あすかちゃん。

わたし、まだ、「おめでとう」って言《い》えない。ライバルでも友《とも》だち、蓮見《はすみ》くんが誰《だれ》を選《えら》んでも友《とも》だちでいようって、決《き》めたのに……。

今日《きょう》だけは、泣《な》かせてほしい。

16. 前《まえ》に進《すす》むために

翌日《よくじつ》、月曜日《げつようび》。

起《お》きて鏡《かがみ》を見《み》ると、最悪《さいあく》。泣《な》きすぎてまぶたが腫《は》れてるし、顔《かお》もむくんでる。

「真帆《まほ》。病院《びょういん》、8時《じ》にあくから、したくしなさい」

お父《とう》さんに言《い》われて、「はーい」と返事《へんじ》をした。

今日《きょう》は午前中《ごぜんちゅう》に整形外科《せいけいげか》に行《い》ったあと、学校《がっこう》へ行《い》く。前《まえ》もって、蓮見《はすみ》くんには、その予定《よてい》は伝《つた》えてあった。だからお迎《むか》えはナシ。

正直《しょうじき》、助《たす》かった。だって、あすかちゃんの「彼氏《かれし》」になった蓮見《はすみ》くんといっしょに登校《とうこう》するわけにはいかないよね。

制服《せいふく》に着替《きが》え、朝《あさ》ご飯《はん》を食《た》べる。そのあと、あたためたおしぼりをまぶたに当《あ》てた。これでちょっとは、顔《かお》、マシになるといいけど。

わたしの診察《しんさつ》のために半休《はんきゅう》をとったお父《とう》さんといっしょに、病院《びょういん》へ。手首《てくび》はだいぶ良《よ》くなっていて、ギプスがはずれた。ラケットを振《ふ》るのはまだダメだけど、日常生活《にちじょうせいかつ》はだいじょうぶ。

……ちょっとタイミング遅《おそ》かったなって感《かん》じだけど。

お父《とう》さんの車《くるま》で、学校《がっこう》へ向《む》かう。ポケットから手鏡《てかがみ》を出《だ》して顔《かお》をチェックする。まだ目《め》が腫《は》れてるなあ……。

だめだな、わたし。泣《な》いたって、バレバレだよ。

登校《とうこう》したのは、ちょうど2時間目《じかんめ》の休《やす》み時間《じかん》だった。ひかる、桃花《ももか》、アキがわたしをかこむ。

「おっはよー。見《み》て。ギプスがはずれましたっ。包帯巻《ほうたいま》いてるけど、シップのみですっ」

なるべく明《あか》るく、からっと、いつも通《どお》りのわたしでいよう。

「でも、もう痛《いた》みはないんだよね？」

と、アキ。こくんとうなずく。

「来週《らいしゅう》には練習再開《れんしゅうさいかい》できそうだし、試合《しあい》は予定通《よていどお》り出《で》られそうな感《かん》じだよ」

「それはなにより。……で。その」

桃花《ももか》が声《こえ》をひそめた。うん、わかってる。みんなが気《き》になってるのは、バレンタインのことだよね。

「ごめんねっ!!」

わたしは、顔《かお》の前《まえ》で手《て》を合《あ》わせた。

「せっかくみんなが協力《きょうりょく》してくれたのに、渡《わた》せなかったんだ」

「えっ」

ひかるが目《め》を大《おお》きく見《み》ひらく。

「会《あ》えなかった、とか……？」

「ううん。蓮見《はすみ》くん、本命《ほんめい》の子《こ》と……、うまくいったみたいだから」

なるべく明《あか》るく、しめっぽくならないようにしよう。涙《なみだ》なんて絶対《ぜったい》に見《み》せないよ。

今日《きょう》、「いつも通《どお》り」のわたしでいるために、わたしはゆうべ、思《おも》いっきり泣《な》いたんだ。

体《からだ》じゅうの水分《すいぶん》が全部《ぜんぶ》なくなるんじゃないかってぐらい、泣《な》いたんだ。

だからきっと……、だいじょうぶ。

「真帆《まほ》、それってどういう」

桃花《ももか》がなにか言《い》いかけたけど、チャイムが鳴《な》ってしまった。

急《いそ》いで席《せき》につく。つぎの授業《じゅぎょう》は英語《えいご》。テキストを出《だ》して、ノートを出《だ》して……。せっかく塾《じゅく》に行《い》ってるんだし、学校《がっこう》の授業《じゅぎょう》だって、まじめに聞《き》かないとね。

だいじょうぶ。今《いま》のとこ、わたしは、「いつも通《どお》りのわたし」。

でも、蓮見《はすみ》くんのことは……。勇気《ゆうき》がなくて、見《み》られないよ。

授業《じゅぎょう》が終《お》わり、ふたたび休《やす》み時間《じかん》になった。4時間目《じかんめ》は数学《すうがく》だから、たまには予習《よしゅう》でもするかな。って、10分《ぷん》しかないけどさ。

教科書《きょうかしょ》の問題《もんだい》を、もくもくと解《と》いていたら。

「真帆《まほ》ちゃん！」

どきっとした。

あすかちゃんの声《こえ》。見《み》ると、教室《きょうしつ》の入《い》り口《ぐち》に、あすかちゃんとなつみちゃんがいる。目《め》が合《あ》うと、ふたりはわたしに、小《ちい》さく手《て》を振《ふ》った。

すうっと息《いき》を吸《す》って、吐《は》いて、深呼吸《しんこきゅう》。

昨日《きのう》は無理《むり》だった。でも、今《いま》ならだいじょうぶ。言《い》える。

席《せき》を立《た》って、ふたりのもとへ。

「どうしたの？　ふたりそろって」

にっこりと笑《わら》いかける。

「なつみちゃんの好《す》きな人《ひと》、見《み》に来《き》たの」

あすかちゃんが小声《こごえ》でささやいた。

「ちょっとあすかちゃん！」

なつみちゃんは真《ま》っ赤《か》になってあわてている。

「えっ？　なつみちゃんの好《す》きな人《ひと》って、うちのクラスなの？」

「え、えっと……」

なつみちゃんは目《め》を泳《およ》がせた。

「前《まえ》、お菓子《かし》作《づく》りの本《ほん》、真剣《しんけん》に見《み》てたよね。ひょっとしてその人《ひと》に……？」

「う。……うん」

なつみちゃんは観念《かんねん》したように、うなずいた。

「渡《わた》せた、の？」

「う、うん」

なつみちゃん、首《くび》すじまで赤《あか》くなってる。すごく恥《は》ずかしそうにしてるけど……、なんだかうれしそう。もしかして、告白《こくはく》して、うまくいったのかな？

「よかったね！　おめでとう」

「えっ！　ま、まだそんなんじゃないよっ。ただ、前向《まえむ》きに考《かんが》える、って言《い》われただけでっ」

「それってほぼほぼオーケーってことじゃない？　ねえ、真帆《まほ》ちゃん」

あすかちゃんに言《い》われて、大《おお》きくうなずく。

っていうか、あすかちゃんこそ。バレンタインの告白《こくはく》、オーケーだったんだよね？

「あすかちゃん」

わたしは、まっすぐにあすかちゃんの目《め》を見《み》つめた。

「おめでとう」

「……え？」

あすかちゃんは、目《め》を、ぱちくりとしばたたいた。

「真帆《まほ》、ちゃん……？」

「おめでとう。わたしのことは気《き》にしないで、存分《ぞんぶん》にいちゃいちゃしていいからねっ」

にいーっと、いたずらっぽく笑《わら》ってみせる。

胸《むね》がきゅうっと苦《くる》しくて、痛《いた》くて。でもわたしは、笑顔《えがお》でいるって決《き》めた。

「？　あすかちゃん、それ、どういうこと？」

なつみちゃんがきょとんとしている。

あ、そっか。あすかちゃん、わたしにしか「恋《こい》バナ」してないんだったっけ。

「わたしにも、ちょっとよくわかんないんだけど……」

「おーい、真帆《まほ》っ！」

あすかちゃんの声《こえ》にかぶせるように、わたしを呼《よ》ぶ別《べつ》の声《こえ》がした。廊下《ろうか》の向《む》こうで、千絵《ちえ》が呼《よ》んでいる。

「ごめん、ちょっと行《い》ってくるね」

わたしはふたりに手《て》を合《あ》わせると、千絵《ちえ》のもとへ駆《か》けた。

まだぎこちないけど、あすかちゃんに「おめでとう」が言《い》えた。

次《つぎ》は、蓮見《はすみ》くんに言《い》わなきゃね。

だって、わたしたちは「友《とも》だち」だから。


昼休《ひるやす》みになった。

遅刻《ちこく》してきたわりには、時間《じかん》の進《すす》みが遅《おそ》く感《かん》じるっていうか、ようやく昼休《ひるやす》みかあって感《かん》じ。

「ねえ、無理《むり》して笑顔《えがお》作《つく》ってない？　よくないよ、そういうの」

桃花《ももか》がわたしのほっぺたを両手《りょうて》ではさんだ。

「蓮見《はすみ》に本命《ほんめい》がいるなんて、聞《き》いたことないんだけど。っていうか、いるとしたら、それは絶《ぜっ》対《たい》」

「絶対《ぜったい》、誰《だれ》だ？」

背後《はいご》から声《こえ》がして振《ふ》り返《かえ》る。

「あ。桐原《きりはら》」

「悪《わる》い、江藤《えとう》。ちょっとコイツ借《か》りるわ」

「どーぞどーぞ」

桃花《ももか》は、にこにこと、わたしの背中《せなか》を押《お》した。

もうっ！　ふたりとも、わたしをなんだと思《おも》ってんの!?　扱《あつか》い、雑《ざつ》じゃない!?

桐原《きりはら》に連《つ》れられて、廊下《ろうか》の突《つ》き当《あ》たりへ。この場所《ばしょ》、いい印象《いんしょう》がないんだけど。この前呼《まえよ》び出《だ》されて責《せ》められたばっかだし……。

「話《はなし》はすぐに終《お》わる」

桐原《きりはら》はわたしと向《む》かいあうと、低《ひく》い声《こえ》で告《つ》げた。

「えっ？　なに？　なんかおこってる？」

「おこってる」

「なんで」

「なんで？　って。おまえ、蓮見《はすみ》に、チョコレート渡《わた》さなかったんだろ？」

「なんでそれを知《し》ってるの？」

「ずばり蓮見《はすみ》に聞《き》いた。真帆《まほ》からもらえたか？　って」

「…………」

そういうの、聞《き》いちゃうんだ。さすが桐原《きりはら》、良《よ》くも悪《わる》くもストレートしか投《な》げられないヤツ。

「まあ、渡《わた》さなかったけど。なんでそれで、桐原《きりはら》がおこるの？」

「真帆《まほ》らしくねーからだよ！　なんで勝負《しょうぶ》を最初《さいしょ》から投《な》げ出《だ》すんだよ」

「べつに勝負《しょうぶ》じゃないし」

……いや、ある意味《いみ》「勝負《しょうぶ》」だったのかな？　あすかちゃんとの。ふたりともそろって負《ま》ける可能性《かのうせい》だってじゅうぶんにあったけど。わたしたちは「ライバル」だったから。

「それにさ。最初《さいしょ》から投《な》げ出《だ》してたわけじゃないよ？」

わたしは、包帯《ほうたい》を巻《ま》いた手首《てくび》をかかげてみせた。

「こんなだったから、うまくお菓子作《かしつく》れなくて。でも、14日《か》、ぎりぎりまでねばって、何度《なんど》もやり直《なお》して、作《つく》ってた。だけどさ」

「だけど、なんだよ」

「蓮見《はすみ》くんが、本命《ほんめい》の女《おんな》の子《こ》のチョコを受《う》け取《と》ったって、知《し》っちゃったから。だから……」

だめ。せっかく今日一日《きょういちにち》我慢《がまん》できてたんだから、こんなとこで泣《な》いちゃだめだよ。

わたしは桐原《きりはら》に背《せ》を向《む》けて、ゆっくり深呼吸《しんこきゅう》して、涙《なみだ》を飲《の》み込《こ》んだ。よし、もうだいじょうぶ。

「あいつ本命《ほんめい》なんているのかよ」

「いたんだよ。受《う》け取《と》ったんだから」

「ん。まあ、納得《なっとく》できねーけど、それはいったんおいといて。だから真帆《まほ》は渡《わた》すのをやめた、と」

「そうだよ。だって無駄《むだ》じゃん」

「無駄《むだ》じゃねーだろ」

間髪《かんはつ》を入《い》れず、桐原《きりはら》は言《い》い切《き》った。

「あいつに本命《ほんめい》がいようがなんだろうが、ぶつければいいだろ？　自分《じぶん》の気持《きも》ち」

「だってそんなの、迷惑《めいわく》」

「迷惑《めいわく》じゃねーだろ。あいつはそんなこと、思《おも》わない」

「…………」

そう、かも、しれない。わたしがまっすぐにぶつけた気持《きも》ちだったら、きっと蓮見《はすみ》くんはちゃんと受《う》け止《と》めてくれる。やさしい……人《ひと》だから。

でも。

「でもわたし、チョコ、うまく作《つく》れなかったし。もう15日《にち》だし、今《いま》さら」

「バカだな、真帆《まほ》は」

桐原《きりはら》はやれやれとため息《いき》をついた。

「なんで手作《てづく》りにこだわってんのか、意味《いみ》わかんね。バレンタインは手作《てづく》りチョココンテストじゃねーんだよ。そのへんに売《う》ってる、やっすいチョコでも、もらえればおれはうれしーよ?」

バレンタインは、手作《てづく》りチョココンテストじゃない。

はっとした。そうだ、わたし、あすかちゃんの立派《りっぱ》なガトーショコラを見《み》て、勝手《かって》にあせって……。意地《いじ》になってお菓子《かし》を作《つく》って。

いちばん大事《だいじ》なことを、忘《わす》れていた。

「本命《ほんめい》がいようが、彼女《かのじょ》がいようが、関係《かんけい》ねーよ。告白《こくはく》しろよ」

「桐原《きりはら》……」

「いっぺん自分《じぶん》の気持《きも》ち、思《おも》いっきりぶつけろよ、あいつに」

胸《むね》の中《なか》に広《ひろ》がっていたもやが、さあっと、晴《は》れていく。

そうだ。わたし、「告白《こくはく》」したい。

蓮見《はすみ》くんには彼女《かのじょ》ができたけど、それでも、わたしの気持《きも》ちをなかったことになんてできない。

振《ふ》られるなら、ちゃんと蓮見《はすみ》くんの目《め》の前《まえ》で、蓮見《はすみ》くん本人《ほんにん》に振《ふ》られたいよ。

そうしなきゃ、わたし、前《まえ》に進《すす》めない。心《こころ》からの笑顔《えがお》になんて、なれないよ。

「ありがとう桐原《きりはら》！　わたし、蓮見《はすみ》くんと話《はな》してくる！」

「おう。行《い》ってこい！」

桐原《きりはら》に背中《せなか》を押《お》されて、わたしは、蓮見《はすみ》くんのいる教室《きょうしつ》へと駆《か》けた。

17. 1日《にち》遅《おく》れのバレンタイン

蓮見《はすみ》くんは、自分《じぶん》の席《せき》でひとりで本《ほん》を読《よ》んでいた。

「は、すみ、くんっ」

息《いき》を切《き》らして、蓮見《はすみ》くんの席《せき》の前《まえ》に仁王立《におうだ》ちする。

「森下《もりした》さん。……どしたの、こわい顔《かお》して」

「は、はなしが、あってっ。だいじな」

「ちょっと森下《もりした》さんっ」

いきなり腕《うで》を引《ひ》かれた。沢渡《さわたり》さんだ！

沢渡《さわたり》さんはわたしを蓮見《はすみ》くんの前《まえ》から引《ひ》きはなすと、

「ぬけがけしないでよね」

と、低《ひく》い声《こえ》でささやいた。もうっ！　邪魔《じゃま》しないでよっ！

もんもんとしながら5時間目《じかんめ》の授業《じゅぎょう》を受《う》けていると、となりの席《せき》の子《こ》からなにかを渡《わた》された。

小《ちい》さな紙《かみ》。折《お》りたたまれた、ノートの切《き》れ端《はし》。右隅《みぎすみ》に、『蓮見《はすみ》』と小《ちい》さな文字《もじ》。

蓮見《はすみ》くんから回《まわ》ってきたんだ！

そっとひらくと、

『放課後《ほうかご》、話《はな》そう。おれも、森下《もりした》さんに話《はな》したいことがある』

と書《か》いてあった。どくんと心臓《しんぞう》がふるえる。

話《はな》したいことって、なに？　あすかちゃんとつきあうことになったたっていう報告《ほうこく》かな？

だいじょうぶ、言《い》えるよ。

わたし、なにがあっても、今度《こんど》こそ、自分《じぶん》の気持《きも》ちを告《つ》げる。告《つ》げてみせる。

そして、放課後《ほうかご》になった。

今日《きょう》、バドミントン部《ぶ》は休《やす》みになった。千絵《ちえ》が休《やす》み時間《じかん》、わたしを呼《よ》んで教《おし》えてくれたのは、そのことだった。

スイーツ部《ぶ》も休《やす》みだって聞《き》いたから、わたしは、蓮見《はすみ》くんにお願《ねが》いして、家《いえ》に行《い》くことにした。

チョコを、渡《わた》したいから。作《つく》りたいって気持《きも》ちはまだあるけど、さすがに時間《じかん》がない。

それに、いちばん大事《だいじ》なのは「気持《きも》ち」だし。お店《みせ》で買《か》って、渡《わた》すことにする。

帰宅後《きたくご》、さっそく家《いえ》の近《ちか》くのお菓子屋《かしや》さんに行《い》ったけど、なんと定休日《ていきゅうび》！

ちょっと足《あし》を延《の》ばして、ほかのお菓子屋《かしや》さんに行《い》ってみた。でも、そこもお休《やす》み……。

「しょうがない」

時間《じかん》もないし、コンビニでチョコを買《か》った。せっかくだから、そこにあった板《いた》チョコを全種類《ぜんしゅるい》。

同《おな》じミルクチョコでも、きっと微妙《びみょう》に味《あじ》がちがうはず。蓮見《はすみ》くん、どれが好《す》きかな？

いったん家《いえ》に帰《かえ》り、きれいにラッピングして、ふたたび家《いえ》を出《で》た。

どきどきしながら、蓮見家《はすみけ》のインターフォンを押《お》す。

すぐにドアがあいた。

「どうぞ」

は、蓮見《はすみ》くんだ！　って、あたり前《まえ》だけどっ……！

「おじゃまします」

うう、今《いま》から告白《こくはく》すると思《おも》うと、きんちょうするよ～！

リビングに通《とお》されて、うながされるまま、ソファに腰《こし》かけた。

となりに、こぶし一個分《いっこぶん》ぐらいの隙間《すきま》をあけて、蓮見《はすみ》くんがすわる。

どきどきしすぎて、心臓《しんぞう》が口《くち》から出《で》そう……！

「きょ、今日《きょう》、おうちの人《ひと》は……？」

やばい。わたしの声《こえ》、うわずってる。

「母《かあ》さんが、さっき仕事《しごと》から帰《かえ》ってきて。疲《つか》れたから2階《かい》でちょっと寝《ね》るって」

「そ、そっか。じゃあ、静《しず》かにしなきゃだねっ」

「そんなドタバタ暴《あば》れたりしないだろ」

蓮見《はすみ》くんは小《ちい》さく笑《わら》った。

「そ、そうだけどっ……」

「……で。その。話《はなし》、って」

蓮見《はすみ》くんの表情《ひょうじょう》が、わずかに固《かた》くなった。

「う、うん。実《じつ》は……」

バッグから、板《いた》チョコ数枚《すうまい》が入《はい》った袋《ふくろ》を取《と》り出《だ》した。かわいい紙袋《かみぶくろ》に入《い》れて、リボンをつけて、シールを貼《は》ったんだ。

「バレンタイン、過《す》ぎちゃったけど。遅《おそ》くなっちゃったけど、これ」

ぎゅっと目《め》をとじて、蓮見《はすみ》くんに、ずいっと差《さ》し出《だ》す。

こわくて目《め》があけられない。

「ごめん」って言《い》われたらどうしよう。だってわたしは蓮見《はすみ》くんの「本命《ほんめい》」じゃないって、確定《かくてい》してるもん。

自分《じぶん》の手《て》が、ふるえているのがわかる。

ふいに、

「……！」

どきっと大《おお》きく心臓《しんぞう》がはねた。蓮見《はすみ》くんの指《ゆび》が、一瞬《いっしゅん》、わたしの手《て》にふれたから。

おそるおそる目《め》をあけると、蓮見《はすみ》くんは、紙袋《かみぶくろ》を受《う》け取《と》ってくれていた。

「ありがとう。あけてもいい？」

「う、うん」

受《う》け取《と》って……くれるの？

「おおっ！　すげーっ！　うれしい。おれ、一度《いちど》、板《いた》チョコ食《た》べ比《くら》べしてみたいって思《おも》ってたんだよ」

「ほ、ほんと……？」

「一回《いっかい》味見《あじみ》して、そのあと『ききチョコ』してみる？　目《め》かくしして食《た》べて、どのチョコか当《あ》てるゲーム」

蓮見《はすみ》くんの目《め》がきらきらかがやいてる。「うれしい」ってことば、うそじゃないんだ……。

心《こころ》からほっとした。でも、もし予定通《よていどお》り「手作《てづく》り」のお菓子《かし》を渡《わた》せてたら……、蓮見《はすみ》くん、もっと喜《よろこ》んでくれたんじゃないのかなって、思《おも》ってしまって。わたしはわずかに目《め》を伏《ふ》せた。

「森下《もりした》さん？　どした？」

「……ん。実《じつ》はね、ほんとは手作《てづく》りするつもりだったんだ。実際《じっさい》、作《つく》ってたんだよ。でも、失敗《しっぱい》しちゃって……。14日《か》にまにあわなかった。だから、市販《しはん》のチョコになっちゃったんだ」

「作《つく》ってくれてたの？　森下《もりした》さんが？」

蓮見《はすみ》くんが、目《め》を大《おお》きく見開《みひら》いている。

「そんなにびっくりしなくてもいいじゃない！　わ、わたしだって、たまにはお菓子作《かしづく》りしたいなって気持《きも》ちになることも、あるんだよ」

「びっくりなんてしてねーよ」

蓮見《はすみ》くんはそう言《い》うと、自分《じぶん》の口《くち》を片手《かたて》でおおって、

「……ただ、うれしかった、だけで」

もごもごとつぶやいた。な、なんで蓮見《はすみ》くん、そんなに赤《あか》くなってるの？

どきどきが加速《かそく》して、息《いき》が苦《くる》しいよ。……それに。

「やっぱり作《つく》りたかったな。わたしのお菓子《かし》、食《た》べてほしかった」

あんなにがんばったのに、くやしいよ。

「森下《もりした》さん。右手《みぎて》、動《うご》かせるようになったんだよな？」

「うん。はげしい運動《うんどう》はまだダメだけど」

「じゃあ」

蓮見《はすみ》くんはわたしがあげた板《いた》チョコをすっと掲《かか》げた。

「今《いま》からいっしょに作《つく》ろうか？　これで」

「つ、作《つく》る？」

蓮見《はすみ》くんは、ソファから立《た》ち上《あ》がってキッチンへ。わたしもついていく。

「おれがチョコを刻《きざ》むから、森下《もりした》さんはいちごのへたをとって」

蓮見《はすみ》くんが冷蔵庫《れいぞうこ》からいちごのパックを取《と》り出《だ》した。

「う、うん」

なにを作《つく》るんだろう。

蓮見《はすみ》くんは、刻《きざ》んだチョコを、牛乳《ぎゅうにゅう》といっしょにミルクパンに入《い》れて火《ひ》にかける。

弱火《よわび》でゆっくり溶《と》かしているあいだに、わたしはバナナを一口大《ひとくちだい》にカット。いちごとバナナ、それからマシュマロを竹串《たけぐし》に刺《さ》していく。

「ねえ、もしかして、フルーツにチョコをからめるの？」

「正解《せいかい》。チョコレート・フォンデュだよ」

蓮見《はすみ》くんは、にっと笑《わら》った。

「行儀悪《ぎょうぎわる》いけど、ミルクパンのままやろうか」

リビングのテーブルに鍋《なべ》しきをおいて、その上《うえ》にミルクパンを。

フルーツとマシュマロはお皿《さら》に盛《も》った。

「熱《あつ》いうちに食《た》べよう」

チョコレートの甘《あま》いかおりに、胸《むね》がいっぱいになる。

蓮見《はすみ》くんはいちごにチョコをからめて、ほおばった。

「うま」

「わたしも、いい？」

いちごにたっぷりのチョコをからめて、口《くち》に入《い》れれば。

「お、おいしい……っ」

悪魔的《あくまてき》なおいしさだよ。甘酸《あまず》っぱくてみずみずしいいちごが、甘《あま》くてちょっぴりほろにがいチョコと、めちゃくちゃマッチしてる。

「マシュマロもうまいよ」

「うんっ」

おいしい。とびきりおいしい。

それはきっと……蓮見《はすみ》くんといっしょに食《た》べるから。

でも。わたし、こうしてふたりでいっしょにすごすの、もう、最後《さいご》にしなきゃ。蓮見《はすみ》くんには、彼女《かのじょ》がいるんだから。過去《かこ》を乗《の》り越《こ》えて、初恋《はつこい》を実《みの》らせたんだもんね。祝福《しゅくふく》しなきゃだよ。

だけどね。わたしの気持《きも》ちは、「なかったこと」にはしたくない。

前《まえ》に進《すす》むためにも、わたしは。

目《め》をとじて、ゆっくりと息《いき》を吸《す》った。そして、ふたたび目《め》をあける。

「蓮見《はすみ》くん」

蓮見《はすみ》くんがわたしの目《め》を見《み》かえす。

どきどきするけど、そらさないよ。絶対《ぜったい》、目《め》を見《み》て言《い》うんだ。

「わたし、蓮見《はすみ》くんのことが、大好《だいす》き」

蓮見《はすみ》くんのアーモンド形《がた》の目《め》が、大《おお》きく見開《みひら》かれていく。

「大好《だいす》きだよ。恋《こい》しないって決《き》めて、かたくなだったわたしを、蓮見《はすみ》くんが変《か》えたんだよ」

「森下《もりした》さ……」

「ありがとう」

ありがとう蓮見《はすみ》くん。出会《であ》えてよかった。たくさんのやさしさをありがとう。

「蓮見《はすみ》くんがわたしを、『友《とも》だち』以上《いじょう》に思《おも》えないことは、ちゃんとわかってる。でも、どうしても言《い》いたかったんだ」

涙《なみだ》があふれそうになるけど、ぐっとこらえた。涙《なみだ》で蓮見《はすみ》くんの顔《かお》が見《み》えなくなるのは嫌《いや》だよ。

「森下《もりした》、さん」

「うん」

「おれも、話《はなし》があるって言《い》ったろ？」

こくんと、うなずく。わかってる。あすかちゃんとのことだよね？　ちゃんと、覚悟《かくご》はできてるよ。おめでとうって、言《い》えるよ、わたし。

「おれさ、スイーツレシピコンテストの書類選考《しょるいせんこう》……通《とお》ったんだ」

結果《けっか》、出《で》たんだ！

「おめでとう！　じゃ、つぎはいよいよ本選《ほんせん》!?」

「ん。……ほんとは本選終《ほんせんお》わって、優勝《ゆうしょう》してから言《い》うほうがカッコいいかなって思《おも》ってたんだけど。でも、どうしても早《はや》く言《い》いたくて」

そういえば蓮見《はすみ》くん、前《まえ》、なにか言《い》いかけてたような。「選考通《せんこうとお》ったら」とか、なんとか。

「コンテストのスイーツのテーマ、『大事《だいじ》な人《ひと》のための、特別《とくべつ》なお菓子《かし》』で。最初《さいしょ》は両親《りょうしん》への感《かん》謝《しゃ》をこめたスイーツを作《つく》ろうって思《おも》ってたんだけど」

いったんそこでことばを区切《くぎ》って、蓮見《はすみ》くんは、すっ、と大《おお》きく息《いき》を吸《す》った。

「おれ、気《き》づいたら、森下《もりした》さんのためのお菓子《かし》、考《かんが》えてて。これ、森下《もりした》さん好《す》きかな、とか、おいしいって言《い》ってくれるかな、とか。実際《じっさい》、試食頼《ししょくたの》んだりしたろ……？　それで気《き》づいたんだ」

わずかにわたしから目《め》をそらした蓮見《はすみ》くんの顔《かお》が、真《ま》っ赤《か》に染《そ》まってて。

なんで？　どうしてそんなに……。

自分《じぶん》の鼓動《こどう》がうるさい。こわれそうなほど、心臓《しんぞう》がはげしく脈打《みゃくう》っていて。わたし……。

「な。なにに気《き》づいた、の……？」

蓮見《はすみ》くんは、ふたたびわたしの目《め》を見《み》つめた。

「おれにとって、森下《もりした》さんが、特別《とくべつ》なんだってことに」

一瞬《いっしゅん》、時《とき》が止《と》まった。

「おれも好《す》きだ。森下《もりした》さんが」

「は、すみ、く」

「好《す》きだ」

「ほんと、に……？」

ゆっくりと、蓮見《はすみ》くんはうなずく。

「自分《じぶん》でも信《しん》じられない。でも、ほんとなんだ。……おれ、ケガした森下《もりした》さんを手伝《てつだ》うためってって毎朝迎《まいあさむか》えに行《い》ってたけど。……それだけじゃなくて。実《じつ》は、いっしょに
蓮見《はすみ》くん、耳《みみ》たぶも、首《くび》すじも、ぜんぶ真《ま》っ赤《か》だ。

「いっしょに、歩《ある》きたかった」

「蓮見《はすみ》く……」

泣《な》かないって決《き》めてたのに、あふれてきちゃうよ。

「明日《あした》から、またいっしょに行《い》っていい？」

「うん。……うん」

「泣《な》くなよ」

蓮見《はすみ》くんが、そっと、指《ゆび》で、わたしの涙《なみだ》をぬぐってくれた。

幸《しあわ》せすぎて息《いき》ができない。ほんとにわたしたち、両想《りょうおも》いなんだ。

「大好《だいす》き……！」

おれも、と、蓮見《はすみ》くんのささやきが、耳元《みみもと》でひびいた。

18. チョコレートよりも甘《あま》いよ

好《す》きだって言《い》ってもらって、夢心地《ゆめごこち》で。

ふわふわしてどきどきして、頭《あたま》がぼーっとする。

でも、待《ま》って。あすかちゃんは？

「蓮見《はすみ》くんって、本命《ほんめい》のチョコしか受《う》け取《と》らないって聞《き》いたんだけど」

「あれは桐原《きりはら》に聞《き》かれて、つい、そうこたえてしまっただけで。本命以外《ほんめいいがい》の子《こ》のチョコだってもらうよ。友《とも》チョコとか、義理《ぎり》チョコとか、やりとりしたよ。スイーツ部《ぶ》だしな」

「そう……だったんだ」

それもそっか。でも、あすかちゃんのチョコは、友《とも》チョコでも義理《ぎり》チョコでもないよね？

さすがに、そこまでは聞《き》けない。あすかちゃん、告白《こくはく》……したのかな。

胸《むね》がきゅっと痛《いた》くなる。

つん、とうでをつつかれて。見《み》ると、蓮見《はすみ》くんが自分《じぶん》のスマホをわたしに向《む》けた。

「えっ。これ、コンテストのお菓子《かし》……？」

キャラメルのかかった、小《ちい》さなシュークリームのツリー。スイーツやチョコで飾《かざ》られている。

「クロカンブッシュ、っていうんだ。小《ちい》さなシュークリームを積《つ》みあげて、飴《あめ》とか、キャラメルとかでくっつけて作《つく》る。フランスでは結婚式《けっこんしき》で出《だ》されるらしい」

画像《がぞう》をまじまじと見《み》つめてしまう。ほんとにこんなの、作《つく》れるんだ。すごすぎる。

「森下《もりした》さんにシュークリームあげたなって、思《おも》い出《だ》してさ」

「あれ、ほんとにおいしかった」

泣《な》いてたわたしをなぐさめるために、蓮見《はすみ》くんがくれたんだ。

「森下《もりした》さん、ほんとに食《く》いしん坊《ぼう》だよな」

「悪《わる》い？」

「なんで？　森下《もりした》さんがおいしそうに食《た》べてるとこ見《み》ると、おれも幸《しあわ》せになる」

「…………っ！」

かあーっと顔《かお》が熱《あつ》くなった。なんでもないふうに言《い》うけど、けっこう甘《あま》いせりふだよ、それ！

蓮見《はすみ》くん、自覚《じかく》ナシに殺《ころ》し文句《もんく》言《い》っちゃうの？　これは心臓《しんぞう》もたない……。

っていうか、なんでだろう。前《まえ》にもどこかで同《おな》じことを言《い》われた気《き》がするんだけど……。わたし、うれしすぎて混乱《こんらん》してる？

「森下《もりした》さんが、ありのままのおれを認《みと》めてくれたから……。おれは今《いま》、好《す》きなことに堂々《どうどう》と向《む》き合《あ》っていられる。誰《だれ》かを好《す》きになるって、悪《わる》くないって思《おも》えた」

蓮見《はすみ》くんは、すごくすごくやさしい目《め》をして、わたしを見《み》つめていて。

まなざしがチョコレートみたいに甘《あま》くて、胸《むね》が苦《くる》しくて。

「……真帆《まほ》、って。呼《よ》んでも……いいか？」

ぼそっと、蓮見《はすみ》くんが小《ちい》さく告《つ》げた。

「桐原《きりはら》が真帆《まほ》って名前呼《なまえよ》びしてんの、ずっと、なんかひっかかってて。嫌《いや》っていうんじゃないけど、なんつーか」

「呼《よ》んでよ、何度《なんど》でも」

うれしい。大好《だいす》き。大好《だいす》き……!!

翌日《よくじつ》。約束通《やくそくどお》り、いっしょに学校《がっこう》へ。

昨日《きのう》のことを思《おも》い出《だ》すと、なんだか恥《は》ずかしくて、ふたり、会話《かいわ》につまってしまう。

うーっ、どきどきするようっ！

「真帆《まほ》。相談《そうだん》なんだけど……」

蓮見《はすみ》くんが、やっと口《くち》をひらく。なんだろう？　深刻《しんこく》な顔《かお》して。

「おれさ」

それは、「相談《そうだん》」というよりむしろ「提案《ていあん》」だった。

「うん。わたしも、そうしたいって思《おも》う」

わたしは、しっかりとうなずいた。

小《ちい》さな決意《けつい》を胸《むね》に、ふたり、学校《がっこう》へ。

「おはよう」

教室《きょうしつ》に入《はい》って、自分《じぶん》の席《せき》に荷物《にもつ》を片付《かたづ》けていると、ひかるたち同盟《どうめい》メンバーがやってきた。

「真帆《まほ》、いったいどうなってんの？　昨日《きのう》は振《ふ》られたみたいなこと言《い》ってたのに、今日《きょう》はまたいっしょに登校《とうこう》とか」

桃花《ももか》が声《こえ》をひそめる。ひかるとアキも、わたしに顔《かお》をよせた。

「実《じつ》はね……」

「マジか！　つきあってんのかよ!!」

いきなり、大《おお》きな声《こえ》が教室中《きょうしつじゅう》にひびいた。男子《だんし》の声《こえ》。蓮見《はすみ》くんと向《む》かい合《あ》っている。

「つきあってる。だから、もう、くだらないからかいは、やめろよな」

「だっておまえ、彼女《かのじょ》つくらないって……前《まえ》……」

「真帆《まほ》は特別《とくべつ》だから」

桃花《ももか》、ひかる、アキが、口《くち》をあんぐりとあけて、わたしをまじまじと見《み》つめた。

「急展開《きゅうてんかい》でおどろかせてごめんね。そういうことになりましたっ」

にこっと笑《わら》った。

「急展開《きゅうてんかい》すぎるってば。それになに？　堂々《どうどう》と交際宣言《こうさいせんげん》？　蓮見《はすみ》ってそういうタイプだったの？」

「真帆《まほ》、だいじょうぶ？　また蓮見《はすみ》くんのファンの子《こ》たちに詰《つ》め寄《よ》られちゃうんじゃ……」

桃花《ももか》とひかるのことばに、アキもうんうんとうなずいている。

「だいじょうぶ。ふたりで話《はな》して、決《き》めたの。どうせばれるのは時間《じかん》の問題《もんだい》だろうし、だったら最初《さいしょ》から堂々《どうどう》としてよう、って」

「そっか。……カッコいいね」

アキがつぶやいた。

「まだ始業《しぎょう》まで時間《じかん》あるよね？　わたし、どうしても直接話《ちょくせつはな》したい人《ひと》がいるんだ」

「あと10分以上《ぷんいじょう》あるし、だいじょうぶじゃない？」

と、ひかる。わたしはうなずいて、大騒《おおさわ》ぎの教室《きょうしつ》をぬけ出《だ》した。

4組《くみ》の教室《きょうしつ》に入《はい》ろうとすると、ちょうど、あすかちゃんと目《め》が合《あ》った。すぐにあすかちゃんは、廊下《ろうか》に出《で》てきてくれた。

ふたりで、人《ひと》の少《すく》ない突《つ》き当《あ》たりまで移動《いどう》する。

「あすかちゃん、実《じつ》はね。わたし」

「うまくいったんでしょ？　怜《れい》くんと」

「えっ」

なんで、それを……？　もしかして、もう4組《くみ》のほうまで伝《つた》わってる？　早《はや》すぎない？

「真帆《まほ》ちゃん、びっくりしてる」

くすくすと、あすかちゃんは笑《わら》った。

「わたしね。バレンタインに怜《れい》くんに告白《こくはく》して、きっぱり振《ふ》られたの。好《す》きな人《ひと》がいる、って」

「えっ……」

うそ。蓮見《はすみ》くん、そんなこと言《い》ったの？

「真帆《まほ》ちゃんでしょ、って言《い》ったら、怜《れい》くんうなずいてた。今《いま》まで見《み》たことない顔《かお》してた」

少《すこ》しだけさびしげに、あすかちゃんはほほえむ。

「わたしのガトーショコラはね、ちゃんと受《う》け取《と》ってくれたよ。おいしかった、ってメッセージもくれた。……友《とも》だちに、もどれそう。わたし、それで充分《じゅうぶん》」

「あすかちゃん……」

「昨日《きのう》ね、真帆《まほ》ちゃんに『おめでとう』って言《い》われて、なんのことだろうって一瞬《いっしゅん》思《おも》って。すぐに、わたしの告白《こくはく》がうまくいったってカン違《ちが》いしてるんだって気《き》づいた」

あすかちゃんは、わずかに目《め》を伏《ふ》せた。

「わたし、意地悪《いじわる》だね。誤解《ごかい》を解《と》かずに、そのままにしちゃった」

「そんなこと……」

「真帆《まほ》ちゃんは『おめでとう』って言《い》ってくれたのに。わたし、ダメだね」

「そんなことないよ!!」

わたし、あの時《とき》、すごい無理《むり》して笑顔《えがお》つくって、心《こころ》で泣《な》いてたもん。

「真帆《まほ》ちゃん」

あすかちゃんは顔《かお》をあげて、わたしの目《め》を見《み》た。

「おめでとう」

「……あすかちゃん……」

「わたしに遠慮《えんりょ》しないで、いちゃいちゃしてよねっ」

あすかちゃんは、にこっと笑《わら》った。

「でも、ノロケ話《ばなし》はしないでね。わたし、これでもけっこうモテるから、すぐ彼氏《かれし》できると思《おも》う。だからそれまで、我慢《がまん》してね」

「……ん」

「あっ、先生来《せんせいき》てる！　教室《きょうしつ》もどらなきゃ。真帆《まほ》ちゃん、またね」

明《あか》るく告《つ》げると、あすかちゃんは駆《か》けていった。

あすかちゃん、いつもの3倍《ばい》ぐらい明《あか》るくて元気《げんき》だった。わたしのために、そう振《ふ》る舞《ま》ってくれたんだよね。

ありがとう。わたし、あすかちゃんと友《とも》だちになれて、よかったよ。

19. 春風《はるかぜ》吹《ふ》く街《まち》を、きみと

「お待《ま》たせっ！」

髪《かみ》とか、アクセとか、あーでもないこうでもないってドタバタしてたら、待《ま》ち合《あ》わせ時間《じかん》ギリギリになっちゃった。

妹《いもうと》の美奈《みな》に相談《そうだん》しながら決《き》めたコーデは、ふだんのわたしよりちょっと甘《あま》め。

白《しろ》いチュールのスカートに、ふんわりニット。

伸《の》びてきた髪《かみ》は、うしろでゆるく結《むす》んで、きれいめのヘアクリップで留《と》めてる。

そして、耳《みみ》には、揺《ゆ》れる小《ちい》さなイヤリング。

もう3月中旬《がつちゅうじゅん》だし、コートなしでもあたたかい。

蓮見《はすみ》くんは、小《ちい》さくほほえむと、

「行《い》こっか」

と言《い》った。細身《ほそみ》のデニムに、シャツと、スポーティなテイストの軽《かる》めのアウター。カジュアルなアイテムなのに、蓮見《はすみ》くんが身《み》に着《つ》けると、どことなく品《ひん》がある。

今日《きょう》はホワイトデー。そしてなんと、初《はつ》デート！

つきあってから一《いっ》か月《げつ》、蓮見《はすみ》くんはスイーツレシピコンテストの本選《ほんせん》、わたしは試合《しあい》があって、スケジュールが合《あ》わなかった。

スイーツレシピコンテストは関係者以外立《かんけいしゃいがいた》ち入《い》りできなかったから、家《いえ》で応援《おうえん》することしかできなかったけど、なんと蓮見《はすみ》くんチームは3位《い》に入賞《にゅうしょう》した。

わたしは3回戦敗退《かいせんはいたい》。次《つぎ》は春《はる》の新人戦《しんじんせん》だ！

バス停《てい》まで歩《ある》く。蓮見《はすみ》くんはなにも言《い》わない。

「どしたの？」

考《かんが》え事《ごと》かな？　こういう時《とき》、べつに機嫌《きげん》が悪《わる》いってわけじゃなくて、たいてい蓮見《はすみ》くんは頭《あたま》の中《なか》でいろんなことを考《かんが》えてる。つきあうようになって、わかってきた。

「……ん。真帆《まほ》がかわいいって、言《い》おうか言《い》うまいか、迷《まよ》ってた」

「……っ！　な、なんで迷《まよ》うの!?」

「今日《きょう》はかわいいって言《い》ったら、普段《ふだん》はそうじゃないみたいに聞《き》こえるだろ？　今日《きょう》は特《とく》に、ってこと、どうやったら伝《つた》わるかなって」

「言《い》ってよ〜！　さくっと言《い》ってよっ」

バシバシと、蓮見《はすみ》くんの腕《うで》をたたく。

なんで真顔《まがお》でそんなこと言《い》うの？　ど、どきどきするじゃん！

今日《きょう》はふたりで、街《まち》にできたばかりのカフェでお茶《ちゃ》するんだ。タルトがすっごくおいしいんだって！

バスに乗《の》って、繁華街《はんかがい》へ。メインの通《とお》りからすこし外《はず》れたところにある、細《ほそ》い通《とお》りを歩《ある》く。

おしゃれなカフェや古着屋《ふるぎや》さん、雑貨屋《ざっかや》さんが並《なら》んでる。

通《とお》り過《す》ぎる人《ひと》たちの服《ふく》も、明《あか》るい色《いろ》が多《おお》くて、軽《かろ》やかで。

もう春《はる》なんだなあ……。

やわらかい風《かぜ》が吹《ふ》く。

どこからか花《はな》のかおりがする。

「あっ！　かわいい！」

小《ちい》さな花屋《はなや》さんの店先《みせさき》に、色《いろ》とりどりのパンジーの鉢植《はちう》えが並《なら》んでる。

「蓮見《はすみ》くん、お花好《はなす》きなんじゃない？」

「好《す》きだよ。次《つぎ》に作《つく》るスイーツではエディブルフラワーを使《つか》おうかな」

「なにそれ」

「食《た》べられる花《はな》だよ」

「へえーっ」

そんなのあるんだ。

お目当《めあ》てのカフェは、この通《とお》りの外《はず》れにある。

こつん、と、わたしの手《て》が蓮見《はすみ》くんの手《て》にふれた。

とくんと心臓《しんぞう》が鳴《な》る。さっきから、ときどき、ふれあう瞬間《しゅんかん》があるんだよね。

今日《きょう》はふたりともショルダーバッグだから両手《りょうて》があいてるし、となりあって歩《ある》いてると、自然《しぜん》にぶつかっちゃう。

そのたびにわざわざ「ごめん」って言《い》うのも、なんていうか、意識《いしき》してるのバレバレで、かえって恥《は》ずかしいし……。

気《き》づかないふりして歩《ある》いてたんだけど。

こつん。

手《て》の甲《こう》がぶつかる。

また蓮見《はすみ》くんは黙《だま》り込《こ》んだ。今度《こんど》はなにを考《かんが》えてるの？

「あの、さ」

しばらくして、蓮見《はすみ》くんは口《くち》をひらいた。

「ん？」

「手《て》。……つないで、いい？」

「えっ」

「ずっと気《き》になってて。……その」

となりを見《み》あげると、蓮見《はすみ》くん、耳《みみ》たぶの先《さき》まで真《ま》っ赤《か》だ。

「つなぎたい」

そっと告《つ》げると、わたしは、蓮見《はすみ》くんの指先《ゆびさき》を、にぎった。

一拍《いっぱく》、間《ま》があって。蓮見《はすみ》くんは、ぎゅっと、わたしの手《て》をにぎり返《かえ》す。

目《め》が合《あ》うと、どちらからともなく、くすっと笑《わら》い出《だ》した。

恥《は》ずかしいけど、たまらなく幸《しあわ》せ。

わたしたちは、そのまま手《て》をつないで、花《はな》のかおりのする春《はる》の道《みち》を、歩《ある》いていった。

あとがき

ATOGAKI

夜《よ》野《の》せせり先生《せんせい》より

「絶対《ぜったい》好《す》きにならない同盟《どうめい》」９巻《かん》は、あまーいバレンタインのお話《はなし》でした。

今回《こんかい》、ついに、ついに真帆《まほ》ちゃんが……さて、どうなったんでしょう。

あとがきを先《さき》に読《よ》む派《は》の人《ひと》は、ぜひ本編《ほんぺん》で確《たし》かめてくださいね！

そして、同盟《どうめい》シリーズ、次巻《じかん》がラストです。

最後《さいご》まで同盟《どうめい》メンバーたちを見守《みまも》ってくれたらうれしいです！

朝香《あさか》のりこ先生《せんせい》より

蓮見《はすみ》くんと真帆《まほ》ちゃん、この二人《ふたり》がついに……！

ずっと陰《かげ》ながら真帆《まほ》ちゃんの恋《こい》を応援《おうえん》してきたので感慨深《かんがいぶか》いです。

幸《しあわ》せデート中《ちゅう》の二人《ふたり》のイラストを描《か》けて嬉《うれ》しかったです！

集英社みらい文庫

絶《ぜっ》対《たい》好《す》きにならない同盟《どうめい》
～不器用《ぶきよう》なバレンタインデー～

夜野《よるの》せせり・作
朝香《あさか》のりこ・絵

ファンレターのあて先
〒101-8050 東京都千代田区一ツ橋2-5-10 集英社みらい文庫編集部
いただいたお便りは編集部から先生におわたしいたします。

2024年10月30日 第1刷発行

発行者 今井孝昭
発行所 株式会社 集英社
〒101-8050 東京都千代田区一ツ橋2-5-10
電話 編集部 03-3230-6246
読者係 03-3230-6080
販売部 03-3230-6393（書店専用）
https://miraibunko.jp
装丁 AFTERGLOW 中島由佳理
印刷 TOPPANクロレ株式会社 TOPPAN株式会社
製本 TOPPANクロレ株式会社

★この作品はフィクションです。実在の人物・団体・事件などにはいっさい関係ありません。
ISBN978-4-08-321873-6 C8293 N.D.C.913 188P 18cm

流《なが》れ星《ぼし》の約《やく》束《そく》
再会《さいかい》したきみは芸能人《げいのうじん》!?
伝《つた》えたい想《おも》い
みずのまい 作
雪丸《ゆきまる》ぬん 絵
オリジナル
新作《しんさく》
2024年《ねん》11月《がつ》22日《にち》金《きん》発売予定《はつばいよてい》!

4年《ねん》ぶりに再会《さいかい》した初恋《はつこい》相手《あいて》は、
芸能界《げいのうかい》のトップ俳優《はいゆう》に!?

幼《おさな》い頃《ころ》に両親《りょうしん》を事故《じこ》で亡《な》くした**結《ゆい》**。
小学《しょうがく》2年生《ねんせい》のときに**施設《しせつ》**で出会《であ》った
安藤流星《あんどうりゅうせい》くんと**トクベツな約束《やくそく》**をしたけど、
すぐに**離《はな》れ離《ばな》れ**に。小学《しょうがく》6年生《ねんせい》になり、
ひょんなことから**映画《えいが》のエキストラ**に
誘《さそ》われるが、その映画《えいが》の主演《しゅえん》の男《おとこ》の子《こ》は
「流星《りゅうせい》」という名前《なまえ》で…!? **顔《かお》もそっくり!?**
同一人物《どういつじんぶつ》なのか確《たし》かめたいけど、
彼《かれ》はおどろくほど**冷酷無慈悲《れいこくむじひ》な人物《じんぶつ》**で…!?

登場人物《とうじょうじんぶつ》

大沢結《おおさわゆい》

小《しょう》6。両親《りょうしん》を亡《な》くし一時《いちじ》は施設《しせつ》で育《そだ》つが、縁《えん》あって西川家《にしかわけ》の一員《いちいん》に。サバサバした性格《せいかく》で面倒見《めんどうみ》がよい姉御肌《あねごはだ》。

天川流星《あまかわりゅうせい》

小《しょう》6。天才子役《てんさいこやく》として圧倒的《あっとうてき》な才能《さいのう》で人気《にんき》を博《はく》す。結《ゆい》が施設《しせつ》で心《こころ》を通《かよ》わせた「安藤流星《あんどうりゅうせい》」くんと同一人物《どういつじんぶつ》なのかは…?

西川多摩子《にしかわたまこ》

売《う》れっ子《こ》のミステリー作家《さっか》。結《ゆい》の母親《ははおや》の大学時代《だいがくじだい》の同級生《どうきゅうせい》で、事故《じこ》を知《し》り、結《ゆい》を引《ひ》き取《と》る決心《けっしん》をした。

西川倫太郎《にしかわりんたろう》

小《しょう》4。結《ゆい》とは血《ち》のつながりがなく名字《みょうじ》も別《べつ》だが、弟《おとうと》として結《ゆい》を慕《した》っている。心《こころ》の優《やさ》しい子《こ》。

井上大河《いのうえたいが》

小《しょう》6。結《ゆい》の幼《おさな》なじみ。リトルリーグで4番《ばん》キャッチャー、キャプテン。

加山龍之介《かやまりゅうのすけ》

有名子役《ゆうめいこやく》が多数所属《たすうしょぞく》する劇団《げきだん》に所属《しょぞく》。礼儀正《れいぎただ》しく、誠実《せいじつ》な人柄《ひとがら》。

「みらい文庫《ぶんこ》」読者《どくしゃ》のみなさんへ

言葉《ことば》を学《まな》ぶ、感性《かんせい》を磨《みが》く、創造力《そうぞうりょく》を育《はぐく》む……、読書《どくしょ》は「人間力《にんげんりょく》」を高《たか》めるために欠《か》かせません。たった一枚《いちまい》のページをめくる向《む》こう側《がわ》に、未知《みち》の世界《せかい》、ドキドキのみらいが無限《むげん》に広《ひろ》がっている。これこそが「本《ほん》」だけが持《も》っているパワーです。

学校《がっこう》の朝《あさ》の読書《どくしょ》に、休《やす》み時間《じかん》に、放課後《ほうかご》に……。いつでも、どこでも、すぐに続《つづ》きを読《よ》みたくなるような、魅力《みりょく》に溢《あふ》れる本《ほん》をたくさん揃《そろ》えていきたい。読書《どくしょ》がくれる、心《こころ》がきらきらしたり胸《むね》がきゅんとする瞬間《しゅんかん》を体験《たいけん》してほしい、楽《たの》しんでほしい。みらいの日本《にほん》、そして世界《せかい》を担《にな》うみなさんが、やがて大人《おとな》になった時《とき》、「読書《どくしょ》の魅力《みりょく》を初《はじ》めて知《し》った本《ほん》」「自分《じぶん》のおこづかいで初《はじ》めて買《か》った一冊《いっさつ》」と思《おも》い出《だ》してくれるような作品《さくひん》を一所懸命《いっしょけんめい》、大切《たいせつ》に創《つく》っていきたい。

そんないっぱいの想《おも》いを込《こ》めながら、作家《さっか》の先生方《せんせいがた》と一緒《いっしょ》に、私《わたし》たちは素敵《すてき》な本作《ほんづく》りを続《つづ》けていきます。「みらい文庫《ぶんこ》」は、無限《むげん》の宇宙《うちゅう》に浮《う》かぶ星《ほし》のように、夢《ゆめ》をたたえ輝《かがや》きながら、次々《つぎつぎ》と新《あたら》しく生《う》まれ続《つづ》けます。

本《ほん》を持《も》つ、その手《て》の中《なか》に、ドキドキするみらい――。

本《ほん》の宇宙《うちゅう》から、自分《じぶん》だけの健《すこ》やかな空想力《くうそうりょく》を育《そだ》て、〝みらいの星《ほし》〟をたくさん見《み》つけてください。

そして、大切《たいせつ》なこと、大切《たいせつ》な人《ひと》をきちんと守《まも》る、強《つよ》くて、やさしい大人《おとな》になってくれることを心《こころ》から願《ねが》っています。

2011年《ねん》　春《はる》

集英社《しゅうえいしゃ》みらい文庫《ぶんこ》編集部《へんしゅうぶ》